STRAY BIRDS

飞鸟集

[印度] 泰戈尔 著

郑振铎 译

南方传媒 | 花城出版社

中国·广州

图书在版编目（CIP）数据

飞鸟集 / (印) 泰戈尔著 ; 郑振铎译. -- 广州 :
花城出版社, 2023.7（2023.11重印）
ISBN 978-7-5360-9895-4

Ⅰ. ①飞… Ⅱ. ①泰… ②郑… Ⅲ. ①诗集－印度－
现代 Ⅳ. ①I351.25

中国国家版本馆CIP数据核字(2023)第048255号

出 版 人：张　懿
项目统筹：陈宾杰　蔡　安
责任编辑：蔡　安　魏璋倩
责任校对：衣　然
技术编辑：凌春梅　林佳莹

书　　名　飞鸟集
　　　　　FEINIAO JI
出版发行　花城出版社
　　　　　（广州市环市东路水荫路11号）
经　　销　全国新华书店
印　　刷　三河市龙大印装有限公司
　　　　　（三河市城南平香路100号）
开　　本　889毫米×1194毫米　32开
印　　张　6　1插页
字　　数　65,000字
版　　次　2023年7月第1版　2023年11月第2次印刷
定　　价　39.80元

如发现印装质量问题，请直接与印刷厂联系调换。
购书热线：020-37604658　37602954
花城出版社网站：http://www.fcph.com.cn

拉宾德拉纳特·泰戈尔
Rabindranath Tagore
（1861—1941）

第一位荣膺诺贝尔文学奖的亚洲作家
印度诗人、文学家、社会活动家、哲学家和印度民族主义者

我们热爱，我们便存在。

泰戈尔（1861—1941）生于数一数二的名门，其家族是印度四种阶级中最高身份的婆罗门。泰戈尔的父亲是宗教思想家、哲学家和诗人，其兄长们皆以哲学家、音乐家、梵文学者著名，家庭成员中有不少思想进步、学有成就的爱国者。生活在具有先进思想的家庭中，泰戈尔受到了良好的教养和熏陶，很早就走上了文学道路。

泰戈尔童年就醉心于诗歌创作，十三岁写诗，十四岁发表第一首诗《献给印度教庙会》，十七岁发表第一首叙事诗《诗人的故事》。可见，泰戈尔在文学方面可谓天智早开，天赋异禀。

当泰戈尔步入成年后，他的创作可谓一发不可收拾。丰富的生活经历，更是给泰戈尔带来了很多创作灵感。

1878 年按照父亲的安排赴英国学习法律，由于不喜欢法律，转而学习英国文学，研究西方音乐。鲜有人知的是，除了文学家外，泰戈尔也是一位优秀的音乐家。印度国歌《人民的意志》和孟加拉国国歌《金色的孟加拉》都出自泰戈尔之手。

1880年回国，开始专门从事文学创作。1881年，泰戈尔出版第一部诗集《黄昏之歌》，在印度文坛引起瞩目。1881—1885年，出版抒情诗集《暮歌》《晨歌》《画与歌》，还有戏剧和长篇小说。戏剧和小说多取材于史诗和往世书（即古印度文献），诗歌富于浪漫主义色彩。

20世纪初泰戈尔遭遇到个人生活的不幸，丧偶、丧女、丧父的悲痛与伤感在诗集《回忆》《儿童》《渡船》中有真实记录。他还创作了两部长篇小说《小沙子》和《沉船》。

20世纪初至1919年，泰戈尔进入了以中长篇小说和哲理性的抒情诗为主的中期创作阶段，也迈入探索印度民族解放道路的重要阶段。这一时期，泰戈尔积极参加反抗殖民统治的民族解放运动，写下了《祖国的土地》《祝福孟加拉国土》《战胜自身》等著名诗篇。尽管当时与领导民族自治运动的国大党领袖们的观点存在分歧，泰戈尔颇感苦闷和彷徨，但他的创作却异常丰富。这一时期，他出版8部孟加拉文诗集，8部英文诗集。

1910年，长篇小说《戈拉》发表，它反映了印度社会生活中的复杂现象，塑造了争取民族自由解放的战士形象；歌颂了新印度教徒爱国主义热情和对祖国必获自由的信心，同时也批判他们维护旧传统的思想；对梵社某些人的教条主义、崇洋媚外也予以鞭挞。这期间泰戈尔还写了象征剧《国王》和《邮局》及讽刺剧《顽固堡垒》。同年，孟加拉文诗集《吉檀迦利》出版，后泰戈尔旅居伦敦时把《吉檀迦利》《渡船》《奉献集》里的部分诗作译成英文，1913年《吉檀迦利》英译本出版，泰戈尔因为这本书获得诺贝尔文学奖，成为亚洲第一位获诺贝尔文学奖的作家。

诺贝尔文学奖在给泰戈尔的颁奖词中写道：由于他那至为敏锐、清新与优美的诗；这诗出之于高超的技巧，并由于他自己用英文表达出来，使他那充满诗意的思想业已成为西方文学的一部分。

除了是一位世界级文豪，泰戈尔更是一个胸怀天下的民族主义者，他一生都在为民族解放奔走呼号。

1915 年，泰戈尔结识了印度国大党领袖甘地。他同印度国大党早就有联系，但同国大党的关系始终是若即若离。他同甘地有很真挚的私人友谊。他对甘地的一些做法并不赞同，但从道义上和在社会活动中，他们总是互相尊重，互相支持。

泰戈尔和甘地

1916年，泰戈尔来到日本，他对日本这样充满生机的一个新兴国家，颇多感慨。后来他从日本又到了美国，以“国家主义”为题，作了许多报告，他谴责东方和西方的“国家主义”。

1919年印度出现民族解放运动高潮，泰戈尔拍案而起。从1920年起，他频繁地出国访问，目光扩大到了全世界。泰戈尔认识到了改良主义与非暴力思想的错误，反帝、民族解放和劳动人民的历史地位，成为泰戈尔作品的主题。这时期，泰戈尔写有：《随想集》《总结集》《再次集》《最后的星期集》《叶盘集》《黑牛集》《边沿集》《新生集》《病榻集》《康复集》《生辰集》等20多部诗集，以及其他作品。在这些作品中，他痛斥帝国主义，肯定劳动人民创造世界的伟大作用，并对自己作了深刻的剖析。

20世纪20年代泰戈尔仍坚持写作，发表剧本《摩克多塔拉》《红夹竹桃》，长篇小说《纠纷》《最后的诗篇》及一些诗作。

1924年，梁启超、蔡元培以北京讲学社的名义邀请泰戈尔来华访问，并专门指派曾留学英国剑桥大学、深谙英语的徐志摩担任随行翻译。

泰戈尔乘火车抵达北平前门车站时，梁启超、蔡元培、胡适、梁漱溟、辜鸿铭等前往迎接。在京近一个月时间，泰戈尔先后在法源寺观赏丁香，参加诗会；游览故宫，会见中国末代皇帝溥仪；在北大、清华、北师大等高等学府发表《中国与世界文明》《文明与进步》《真理》等演讲……

5月7日恰逢泰戈尔63岁生日，以徐志摩为首的文学团体新月社精心策划祝寿会。祝寿会由胡适主持，梁启超致贺词说：“今

泰戈尔与林徽因、徐志摩的合照

天，我们所敬爱的天竺（古代印度的别称）诗人在他所爱的震旦（印度对中国的别称）过他 63 岁的生日，我用极诚恳、极喜悦的心情，将两个国名联结起来，赠给他一个新名叫‘竺震旦’！”

梅兰芳在刚刚落成开幕的珠市口开明戏院，专门为泰戈尔演出了一场自己新编的大型神话京剧《洛神》，泰戈尔特意穿上了他创办国际大学时定制的红色长袍礼服前往观看。

泰戈尔在访华期间曾发出感慨：“我相信，你们有一个伟大的将来。我更加相信，当你们国家站起来，把自己的精神表达出来的时候，亚洲也将有一个伟大的将来。”

泰戈尔与同行人员、接待人员的合照

泰戈尔一生同情中国，热爱中国，他曾经两次访问中国。1924 年以后，他的作品大量译成中文。从 20 年代中期起，《飞鸟集》《新月集》一类表现随感的短诗出现了。可见，泰戈尔的诗歌对中国萌芽的新文学是有影响的。此外，他在诗歌中表达的一些思想感情也影响了中国。

冰心是受泰戈尔影响较大的一位作家。她在自己翻译的《吉檀迦利》序言中写道："泰戈尔是我年轻时代最羡慕的外国诗人。"大学时期的冰心就写了一篇题为《遥寄印度哲人泰戈尔》的散文，文中表达了她对泰戈尔的崇敬之情。她写到："泰戈尔！谢谢你以优美的诗情，救活我天赋的悲感；谢谢你以卓越的哲理，慰籍我心灵的寂寞。"

冰心早期的著名诗集《繁星》和《春水》，是直接受到泰戈尔影响而创作的。冰心曾坦言，她在写《繁星》《春水》的时候，并不是在写诗，只是受了泰戈尔《飞鸟集》的影响，把许多的“零碎的思想”收集在一个集子里而已。甚至在诗的形式上，《繁星》和《春水》也“因看着泰戈尔的《飞鸟集》，而仿用他的形式”“都是很短的三言两语 ”。在《繁星》和《春水》中，那些晶莹亮丽善于捕捉刹那间感受的小诗，在当时赢得了许多读者的喜爱。这种富于哲理的诗，在“五四”后的文坛上颇为流行，对于中国新诗的创立是一种有益的探索。

1930 年，泰戈尔访问了年轻的社会主义国家苏联，他在那里看到了一个神奇的世界，使他极为振奋，兴之所至，写成了歌颂苏联的《俄罗斯书简》一书。

1934 年，意大利法西斯军队侵略阿比西尼亚（埃塞俄比亚），泰戈尔立即严厉谴责。1936 年，西班牙爆发了反对共和国政府的叛乱，他站在共和国政府一边，明确反对法西斯头子佛朗哥的倒行逆施。1938 年，德国法西斯侵略捷克斯洛伐克，他写信给在那儿的朋友，表示对捷克斯洛伐克人民的关怀和声援。

1939 年，德国法西斯悍然发动世界大战，他又应欧洲朋友之邀，撰文怒斥德国“领袖”的不义行径。泰戈尔一贯痛恨法西斯。但是对被欺压的弱小民族，他则表示无限同情。特别是对中国，他更是始终抱有好感与希望。

1941 年 8 月 6 日，泰戈尔在加尔各答祖居宅第里平静地离开人世，成千上万的市民为他送葬。

目录

飞鸟集

新月集

附录
郑振铎译泰戈尔诗拾遗

飞鸟集

一九二二年版《飞鸟集》例言

译诗是一件最不容易的工作。原诗音节的保留固然是绝不可能的事！就是原诗意义的完全移植，也有十分的困难。散文诗算是最容易译的，但有时也须费十分的力气。如惠特曼(Walt Whitman)的《草叶集》便是一个例子。这有两个原因：第一，有许多诗中特用的美丽文句，差不多是不能移动的。在一种文字里，这种字眼是“诗的”是“美的”，如果把它移植在第二种文字中，不是找不到相当的好字，便是把原意丑化了，变成非“诗的”了。在泰戈尔的《人格论》中，曾讨论到这一层。他以为诗总是要选择那“有生气的”字眼，——就是那些不仅仅为报告用而能融化于我们心中，不因市井常用而损坏它的形式的字眼。譬如在英文里，“意识”(consciousness)这个字，带有多少科学的意义，所以诗中不常用它。印度文的同义词chetana则是一个“有生气”而常用于诗歌里的字。又如英文的“感情”(feeling)这个字是充满了生命的，但彭加利文(即孟加拉文)里的同义词anubhuti则诗中绝无用之者。在这些地方，译诗的人实在感到万分的困难。第二，诗歌的文句总是含蓄的，暗示的。他的句法的构造，多简短而含义丰富。有的时候，简直不能译。如直译，则不能达意。如稍加诠释，则又把原文的风韵与含蓄完全消灭，而使之不成一首诗了。

因此，我主张诗集的介绍，只应当在可能的范围选择，而不能——也不必——完全整册地搬运过来。

大概诗歌的选译，有两个方便的地方：第一，选择可以适应译者的兴趣。在一个诗集中的许多诗，译者未必都十分喜欢它。如果不十分喜欢他，不十分感觉得它的美好，则他的译文必不能十分得神，至少也把这快乐的工作变成一种无意义的苦役。选译则可以减灭译者的这层痛苦。第二，便是减少上述的两层翻译上的困难。因为如此便可以把不能译的诗，不必译出来。译出来而丑化了或是为读者所看不懂，则反不如不译的好。

但我并不是在这里宣传选译主义。诗集的全选，是我所极端希望而且欢迎的。不过这种工作应当让给那些有全译能力的译者去做。我为自己的兴趣与能力所限制，实在不敢担任这种重大的工作。且为大多数的译者计，我也主张选译是较好的一种译诗方法。

现在我译泰戈尔的诗，便实行了这种选译的主张，以前我也有全译泰戈尔各诗集的野心。有好些友人也极力劝我把它们全译出来。我试了几次。但我的野心与被大家鼓起的勇气，终于给我的能力与兴趣打败了。

现在所译的泰戈尔各集的诗，都是我所最喜欢读的，而且是我的能力所能译得出的。

有许多诗，我自信是能够译得出的，但因为自己翻译它们的兴趣不大强烈，便不高兴去译它们。还有许多诗我是很喜欢读它们，而且是极愿意把它们译出来的。但因为自己能力的不允许，便也只好舍弃了它们。

即在这些译出的诗中，有许多也是自己觉得译得不好，心中很不满意的。但实在不忍再割舍它们了。只好请读者赏读它的原意，不必注意于粗陋的译文。

泰戈尔的诗集用英文出版的共有六部：

(一)《园丁集》(*Gardener*)

(二)《吉檀迦利》(*Gitanjali*)

(三)《新月集》(*Crescent Moon*)

(四)《采果集》(*Fruit-Gathering*)

(五)《飞鸟集》(*Stray Birds*)

(六)《爱者之贻与歧路》(*Lover's Gift and Crossing*)

但据 B.K.Roy 的《泰戈尔与其诗》(*R.Tagore：The Man and His Poetry*) 一书上所载，他用彭加利文写的重要诗集，却有下面的许多种：

Sandhva Sangit，*Kshanika*，

Probhat Sangit，*Kanika*，

Bhanusingher Padabali，*Kahini*，

Chabi O Gan，*Sishn*，

Kan O Komal，*Naibadya*，

Prakritir Pratisodh，*Utsharga*，

Sonartari，*Kheya*，

Chaitali，*Gitanzali*，

Kalpana，*Gitimalya*，

Katha.

我的这几本诗选，是根据那六部用英文写的诗集译下来的。因为我不懂梵文。

在这几部诗集中，间有重出的诗篇，如《海边》一诗，已见于《新月集》中，而又列入《吉檀迦利》，排为第六十首。《飞鸟集》的第九十八首，也与同集中的第二百六十三首相同。像这一类的诗篇，都照先见之例，把他列入最初见的地方。我的译文自信是很忠实的，误解的地方，却也保不定

完全没有。如读者偶有发现，肯公开地指教我，那是我所异常欢迎的。

郑振铎

一九二二年六月二十六日

一九三三年版本序

《飞鸟集》曾经全译出来一次，因为我自己的不满意，所以又把它删节为现在的选译本（这次出版的《飞鸟集》，是增补完备的全译本——编者）。以前，我曾看见有人把这诗集选译过，但似乎错得太多，因此我译时不曾拿它来参考。

近来小诗十分发达。他们的作者大半都是直接或间接受泰戈尔此集的影响的。此集的介绍，对于没有机会得读原文的，至少总有些贡献。

这诗集的一部分译稿是积了许多时候的，但大部分却都是在西湖俞楼译的。

我在此谢谢叶圣陶、徐玉诺二君。他们替我很仔细地校读过这部译文，并且供给了许多重要的意见给我。

郑振铎

六月二十六日

飞鸟集

1

夏天的飞鸟，飞到我窗前唱歌，又飞去了。

秋天的黄叶，它们没有什么可唱，只叹息一声，飞落在那里。

2

世界上的一队小小的漂泊者呀，请留下你们的足印在我的文字里。

3

世界对着它的爱人，把它浩瀚的面具揭下了。

它变小了，小如一首歌，小如一回永恒的接吻。

4

是大地的泪点，使她的微笑保持着青春不谢。

5

广漠无垠的沙漠热烈地追求着一叶绿草的爱，但她摇摇头，笑着飞开了。

6

如果你因失去了太阳而流泪，那么你也将失去群星了。

7

跳舞着的流水呀，在你途中的泥沙，要求你的歌声、你的流动呢。你肯夹跛足的泥沙而俱下么？

8

她热切的脸，如夜雨似的，搅扰着我的梦魂。

9

有一次，我们梦见大家都是不相识的。

我们醒了，却知道我们原是相亲相爱的。

10

忧思在我的心里平静下去，正如暮色降临在寂静的山林中。

11

有些看不见的手指，如懒懒的微飔似的，正在我的心上，奏着潺湲的乐声。

12

“海水呀，你说的是什么？”

“是永恒的疑问。”

“天空呀，我回答的话是什么？”

“是永恒的沉默。”

13

静静地听，我的心呀，听那世界的低语，这是它对你求爱的表示呀。

14

创造的神秘，有如夜间的黑暗——是伟大的。而知识的幻影，不过如晨间之雾。

15

不要因为峭壁是高的，而让你的爱情坐在峭壁上。

16

我今晨坐在窗前，世界如一个过路的人似的，停留了一会，向我点点头又走过去了。

17

这些微飔，是绿叶的簌簌之声呀；它们在我的心里，愉悦地微语着。

18

你看不见你的真相，你所看见的只是你的影子。

19

神呀，我的那些愿望真是愚傻呀，它们杂在你的歌声中喧叫着呢。

让我只是静听着吧。

20

我不能选择那最好的。

是那最好的选择我。

21

那些把灯背在背上的人，把他们的影子投到了自己面前。

22

我的存在，对我是一个永久的神奇，这就是生活。

23

“我们，萧萧的树叶，都有声响回答那暴风雨。你是谁呢，那样地沉默着？”

“我不过是一朵花。”

24

休息与工作的关系，正如眼睑与眼睛的关系。

25

人是一个出生的孩子，他的力量，就是生长的力量。

26

上帝希望我们酬答他，在于他送给我们的花朵，而不在于太阳和土地。

27

光明如一个裸体的孩子，快快活活地在绿叶当中游戏，它不知道人是会欺诈的。

28

啊，美呀，在爱中找你自己吧，不要到你镜子的谄谀中去找寻。

29

我的心把她的波浪在世界的海岸上冲激着，以热泪在上面写着她的题记：

“我爱你。”

30

“月儿呀，你在等候什么呢？”

“向我将让位给他的太阳致敬。”

31

绿树长到了我的窗前，仿佛是喑哑的大地发出的渴望的声音。

32

神自己的清晨，在他自己看来也是新奇的。

33

生命从世界得到资产，爱情使它得到价值。

34

枯竭的河床，并不感谢他的过去。

35

鸟儿愿为一朵云。

云儿愿为一只鸟。

36

瀑布歌唱道：“我得到自由时便有歌声了。”

37

我说不出这心为什么那样默默地颓丧着。

是为了它那不曾要求、不曾知道、不曾记得的小小的需求。

38

妇人，你在料理家事的时候，你的手足歌唱着，正如山间的溪水歌唱着在小石中流过。

39

当太阳横过西方的海面时，对着东方留下他最后的敬礼。

40

不要因为你自己没有胃口，而去责备你的食物。

41

群树如表示大地的愿望似的，踮起脚来向天空窥望。

42

你微微地笑着，不同我说什么话。

而我觉得，为了这个，我已等待得久了。

43

水里的游鱼是沉默的，陆地上的兽类是喧闹的，空中的飞鸟是歌唱着的。

但是，人类却兼有海里的沉默，地上的喧闹与空中的音乐。

44

世界在踌躇之心的琴弦上跑过去，奏出忧郁的乐声。

45

他把他的刀剑当作他的上帝。

当他的刀剑胜利时他自己却失败了。

46

神从创造中找到他自己。

47

阴影戴上她的面幕，秘密地，温顺地，用她的沉默的爱的脚步，跟在“光”后边。

48

群星不怕显得像萤火那样。

49

谢谢神，我不是一个权力的轮子，而是被压在这轮子下的活人之一。

50

心是尖锐的，不是宽博的，它执着在每一点上，却并不活动。

51

你的偶像落散在尘土中了，这可证明神的尘土比你的偶像还伟大。

52

人不能在他的历史中表现出他自己，他在历史中奋斗着露出头角。

53

玻璃灯因为瓦灯叫它做表兄而责备瓦灯，但当明月出来时，玻璃灯却温和地微笑着，叫明月为——“我亲爱的，亲爱的姐姐。”

54

我们如海鸥之与波涛相遇似的，遇见了，走近了。海鸥飞去，波涛滚滚地流开，我们也分别了。

55

我的白昼已经完了，我像一只泊在海滩上的小船，谛听着晚潮跳舞的乐声。

56

我们的生命是天赋的，我们唯有献出生命，才能得到生命。

57

当我们是大为谦卑的时候，便是我们最近于伟大的时候。

58

麻雀看见孔雀负担着它的翎尾，替它担忧。

59

绝不要害怕刹那—永恒之声这样地唱着。

60

飓风于无路之中寻求最短之路，又突然地在“无何有之国”终止了它的寻求。

61

在我自己的杯中，饮了我的酒吧，朋友。

一倒在别人的杯里，这酒的腾跳的泡沫便要消失了。

62

“完全”为了对“不全”的爱，把自己装饰得美丽。

63

神对人说道：“我医治你所以伤害你，爱你所以惩罚你。”

64

谢谢火焰给你光明，但是不要忘了那执灯的人，他是坚忍地站在黑暗当中呢。

65

小草呀，你的足步虽小，但是你拥有你足下的土地。

66

幼花的蓓蕾开放了，它叫道：“亲爱的世界呀，请不要萎谢了。”

67

神对于那些大帝国会感到厌恶，却决不会厌恶那些小小的花朵。

68

错误经不起失败，但是真理却不怕失败。

69

瀑布歌道：“虽然渴者只要少许的水便够了，我却很快活地给予了我全部的水。”

70

把那些花朵抛掷上去的那一阵子无休无止的狂欢大喜的劲儿，其源泉是在哪里呢？

71

樵夫的斧头，问树要斧柄。

树便给了他。

72

这寡独的黄昏，幕着雾与雨，我在我心的孤寂里，感觉到它的叹息。

73

贞操是从丰富的爱情中生出来的财富。

74

雾，像爱情一样，在山峰的心上游戏，生出种种美丽的变幻。

75

我们把世界看错了，反说他欺骗我们。

76

诗人——飙风，正出经海洋和森林，追求它自己的歌声。

77

每一个孩子出生时都带来信息说：神对人并未灰心失望。

78

绿草求她地上的伴侣。

树木求他天空的寂寞。

79

人对他自己建筑起堤防来。

80

我的朋友，你的语声飘荡在我的心里，像那海水的低吟声，绕缭在静听着的松林之间。

81

这个不可见的黑暗之火焰，以繁星为其火花的，到底是什么呢？

82

使生如夏花之绚烂，死如秋叶之静美。

83

那想做好人的，在门外敲着门；那爱人的，看见门敞开着。

84

在死的时候，众多合而为一；在生的时候，一化为众多。

神死了的时候，宗教便将合而为一。

85

艺术家是自然的情人，所以他是自然的奴隶，也是自然的主人。

86

“你离我有多少远呢，果实呀？”

“我藏在你心里呢，花呀。”

87

这个渴望是为了那个在黑夜里感觉得到，在大白天里却看不见的人。

88

露珠对湖水说道：“你，是在荷叶下面的大露珠，我是在荷叶上面的较小的露珠。”

89

刀鞘保护刀的锋利，它自己则满足于它的迟钝。

90

在黑暗中，“一”视若一体；在光亮中，“一”便视若众多。

91

大地借助于绿草，显出她自己的殷勤好客。

92

绿叶的生与死乃是旋风的急骤的旋转，它的更广大的旋转的圈子，乃是在天上繁星之间徐缓的转动。

93

权威对世界说道：“你是我的。”

世界便把权威囚禁在她的宝座下面。

爱情对世界说道：“我是你的。”

世界便给予爱情以在她屋内来往的自由。

94

浓雾仿佛是大地的愿望。

它藏起了太阳，而太阳乃是她所呼求的。

95

安静些吧，我的心，这些大树都是祈祷者呀。

96

瞬刻的喧声，讥笑着永恒的音乐。

97

我想起了浮泛在生与爱与死的川流上的许多别的时代，以及这些时代之被遗忘，我便感觉到离开尘世的自由了。

98

我灵魂里的忧郁就是她的新婚的面纱。

这面纱等候着在夜间卸去。

99

死之印记给生的钱币以价值；使它能够用生命来购买那真正的宝物。

100

白云谦逊地站在天之一隅。

晨光给他戴上了霞彩。

101

尘土受到损辱，却以她的花朵来报答。

102

只管走过去，不必逗留着采了花朵来保存，因为一路上花朵自会继续开放着。

103

根是地下的枝。

枝是空中的根。

104

远远去了的夏之音乐，翱翔于秋间，寻求它的旧垒。

105

不要从你自己的袋里掏出勋绩借给你的朋友，这是污辱他的。

106

无名的日子的感触，攀缘在我的心上，正像那绿色的苔藓，攀缘在老树的周身。

107

回声嘲笑着她的原声，以证明她是原声。

108

当富贵利达的人夸说他得到神的特别恩惠时，上帝却羞了。

109

我投射我自己的影子在我的路上，因为我有一盏还没有燃点起来的明灯。

110

人走进喧哗的群众里去，为的是要湮没他自己的沉默的呼号。

111

终止于衰竭的是“死亡”，但“圆满”却终止于无穷。

112

太阳只穿一件朴素的光衣，白云却披了灿烂的裙裾。

113

山峰如群儿之喧嚷，举起他们的双臂，想去捉天上的星星。

114

道路虽然拥挤，却是寂寞的，因为它是不被爱的。

115

权威以它的恶行自夸，落下的黄叶与浮游过的云片却在笑它。

116

今天大地在太阳光里向我营营哼鸣，像一个织着布的妇人，用一种已经被忘却的语言，哼着一些古代的歌曲。

117

绿草是无愧于它所生长的伟大世界的。

118

梦是一个一定要谈话的妻。

睡眠是一个默默地忍受的丈夫。

119

夜与逝去的日子接吻，轻轻地在他耳旁说道：“我是死，是你的母亲。我就要给你以新的生命。”

120

黑夜呀，我感觉得你的美了。你的美如一个可爱的妇人，当她把灯灭了的时候。

121

我把在那些已逝去的世界上的繁荣带到我的世界上来。

122

亲爱的朋友呀，当我静听着海涛时，我好几次在暮色深沉的黄昏里，在这个海岸上，感到你的伟大思想的沉默了。

123

鸟以为把鱼举在空中是一种慈善的举动。

124

夜对太阳说道："在月亮中，你送了你的情书给我。"

"我已在绿草上留下我的流着泪点的回答了。"

125

伟人是一个天生的孩子，当他死时，他把他的伟大的孩提时代给了世界。

126

不是槌的打击，乃是水的载歌载舞，使鹅卵石臻于完美。

127

蜜蜂从花中啜蜜，离开时盈盈地道谢。

浮夸的蝴蝶却相信花是应该向他道谢的。

128

如果你不等待着要说出完全的真理，那么把真理说出来是很容易的。

129

“可能”问“不可能”道：

“你住在什么地方呢？”

它回答道：“在那无能为力者的梦境里。”

130

如果你把所有的错误都关在门外时，真理也要被关在外面了。

131

我听见有些东西在我心的忧闷后面萧萧作响，——我不能看见它们。

132

闲暇在动作时便是工作。

静止的海水荡动时便成波涛。

133

绿叶恋爱时便成了花。

花崇拜时便成了果实。

134

埋在地下的树根使树枝产生果实，却不要求什么报酬。

135

阴雨的黄昏，风无休止地吹着。

我看着摇曳的树枝，想念着万物的伟大。

136

子夜的风雨，如一个巨大的孩子，在不合时宜的黑夜里醒来，开始游戏和喧闹。

137

海呀，你这暴风雨的孤寂的新妇呀，你虽掀起波浪追随你的情人，但是无用呀。

138

文字对工作说道："我惭愧我的空虚。"

工作对文字说道："当我看见你时，我便知道我是怎样地贫乏了。"

139

时间是变化的财富。时钟模仿着它，却只有变化而无财富。

140

真理穿了衣裳，觉得事实太拘束了。

在想象中，她却转动得很舒畅。

141

当我到这里那里旅行着时，路啊，我厌倦了你了；但是现在，当你引导我到各处去时，我便爱上你，与你结婚了。

142

让我设想，在群星之中，有一粒星是指导着我的生命通过不可知的黑暗的。

143

妇人，你用了你美丽的手指，触着我的什物，秩序便如音乐似的生了出来。

144

一个忧郁的声音，筑巢于逝水似的年华中。

它在夜里向我唱道：“我爱你。”

145

燃着的火，以它熊熊的光焰警告我不要走近它。

把我从潜藏在灰中的余烬里救出来吧。

146

我有群星在天上，

但是，唉，我屋里的小灯却没有点亮。

147

死文字的尘土沾着你。

用沉默去洗净你的灵魂吧。

148

生命里留了许多罅隙，从中送来了死之忧郁的音乐。

149

世界已在早晨敞开了它的光明之心。

出来吧，我的心，带着你的爱去与它相会。

150

我的思想随着那些闪耀的绿叶而闪耀；我的心灵因了这日光的抚慰而歌唱；我的生命因为偕了万物一同浮泛在空间的蔚蓝、时间的墨黑中而感到欢快。

151

神的巨大的威权是在柔和的微雨里，而不在狂风暴雨之中。

152

在梦中，一切事都散漫着，都压着我，但这不过是一个梦呀。当我醒来时，我便将觉得这些事都已聚集在你那里，我也便将自由了。

153

落日问道："有谁在继续我的职务呢？"

瓦灯说道："我要尽我所能地做去，我的主人。"

154

采集花瓣时，得不到花的美丽。

155

沉默蕴蓄着语声，正如鸟巢拥围着睡鸟。

156

大的不怕与小的同游。

居中的却远而避之。

157

夜秘密地把花开放了，却让那白日去领受谢词。

158

权力认为牺牲者的痛苦是忘恩负义。

159

当我们以我们的充实为乐时，那么，我们便能很快乐地跟我们的果实分手了。

160

雨点吻着大地，微语道：“我们是你的思家的孩子，母亲，现在从天上回到你这里来了。”

161

蛛网好像要捉露点，却捉住了苍蝇。

162

爱情啊，当你手里拿着点亮了的痛苦之灯走来时，我能够看见你的脸，而且以你为幸福。

163

萤火对天上的星道：“学者说你的光明，总有一天会消灭的。”

天上的星不回答他。

164

在黄昏的微光里，有那清晨的鸟儿来到我的沉默的鸟巢里。

165

思想掠过我的心上，如一群野鸭飞过天空。

我听见它们鼓翼之声了。

166

沟洫总喜欢想：河流的存在，是专为它供给水流的。

167

世界以它的痛苦同我接吻，而要求歌声做报酬。

168

压迫着我的，到底是我的想要外出的灵魂呢，还是那世界的灵魂，敲着我心的门，想要进来呢？

169

思想以它自己的言语喂养它自己，而成长起来。

170

我把我的心之碗轻轻浸入这沉默的时刻中，它盛满了爱了。

171

或者你在工作，或者你没有。

当你不得不说："让我们做些事吧！"那么就要开始胡闹了。

172

向日葵羞于把无名的花朵看作它的同胞。

太阳升上来了，向它微笑，道："你好么，我的宝贝儿？"

173

"谁如命运似的推着我向前走呢？"

"那是我自己，在身背后大跨步走着。"

174

云把水倒在河的水杯里，它们自己却藏在远山之中。

175

我一路走去，从我的水瓶中漏出水来。

只留下极少极少的水供我回家使用了。

176

杯中的水是光辉的；海中的水却是黑色的。

小理可以用文字来说清楚；大理却只有沉默。

177

你的微笑是你自己田园里的花，你的谈吐是你自己山上的松林的萧萧；但是你的心呀，却是那个女人，那个我们全都认识的女人。

178

我把小小的礼物留给我所爱的人——大的礼物却留给一切的人。

179

妇人呀，你用泪海包绕着世界的心，正如大海包绕着大地。

180

太阳以微笑向我问候。

雨，它的忧闷的姊姊，向我的心谈话。

181

我的昼间之花，落下它那被遗忘的花瓣。

在黄昏中，这花成熟为一颗记忆的金果。

182

我像那夜间之路，正静悄悄地听着记忆的足音。

183

黄昏的天空，在我看来，像一扇窗户，一盏灯火，灯火背后的一次等待。

184

太忙于做好事的人，反而找不到时间去做好事。

185

我是秋云，空空地不载着雨水，但在成熟的稻田中，看见了我充实。

186

他们嫉妒，他们残杀，人反而称赞他们。

然而上帝却害了羞，匆匆地把他的记忆埋藏在绿草下面。

187

脚趾乃是舍弃了其过去的手指。

188

黑暗向光明旅行，但是盲者却向死亡旅行。

189

小狗疑心大宇宙阴谋篡夺它的位置。

190

静静地坐着吧，我的心，不要扬起你的尘土。

让世界自己寻路向你走来。

191

弓在箭要射出之前，低声对箭说道：“你的自由就是我的自由。”

192

妇人，在你的笑声里有着生命之泉的音乐。

193

全是理智的心，恰如一柄全是锋刃的刀。

叫使用它的人手上流血。

194

神爱人间的灯光甚于他自己的大星。

195

这世界乃是为美之音乐所驯服了的狂风骤雨的世界。

196

晚霞向太阳说道："我的心经了你的接吻，便似金的宝箱了。"

197

接触着，你许会杀害；远离着，你许会占有。

198

蟋蟀的唧唧，夜雨的淅沥，从黑暗中传到我的耳边，好似我已逝的少年时代沙沙地来到我梦境中。

199

花朵向星辰落尽了的曙天叫道："我的露点全失落了。"

200

燃烧着的木块，熊熊地生出火光，叫道："这是我的花朵，我的死亡。"

201

黄蜂认为邻蜂储蜜之巢为太小。

它的邻人要它去建筑一个更小的。

202

河岸向河流说道："我不能留住你的波浪。"

"让我保存你的足印在我心里吧。"

203

白日以这小小地球的喧扰，湮没了整个宇宙的沉默。

204

歌声在空中感得无限，图画在地上感得无限，诗呢，无论在空中，在地上都是如此。因为诗的词句含有能走动的意义与能飞翔的音乐。

205

太阳在西方落下时，它的早晨的东方已静悄悄地站在它面前。

206

让我不要错误地把自己放在我的世界里而使它反对我。

207

荣誉使我感到惭愧，因为我暗地里求着它。

208

当我没有什么事做时，便让我不做什么事，不受骚扰地沉入安静深处吧，一如那海水沉默时海边的暮色。

209

少女呀，你的纯朴，如湖水之碧，表现出你的真理之深邃。

210

最好的东西不是独来的。

它伴了所有的东西同来。

211

上帝的右手是慈爱的，但是他的左手却可怕。

212

我的晚色从陌生的树木中走来，它用我的晓星所不懂得的语言说话。

213

夜之黑暗是一只口袋，迸出黎明的金光。

214

我们的欲望把彩虹的颜色借给那只不过是云雾的人生。

215

神等待着，要从人的手上把他自己的花朵作为礼物赢得回去。

216

我的忧思缠扰着我，要问我它们自己的名字。

217

果实的事业是尊重的，花的事业是甜美的；但是让我做叶的事业吧，叶是谦逊地专心地垂着绿荫的。

218

我的心向着阑珊的风张了帆，要到无论何处的荫凉之岛去。

219

独夫们是凶暴的，但人民是善良的。

220

把我当做你的杯吧，让我为了你，而且为了你的人而盛满了水吧。

221

狂风暴雨像是在痛苦中的某个天神的哭声，因为他的爱情被大地所拒绝。

222

世界不会流失，因为死亡并不是一个罅隙。

223

生命因为付出了的爱情而更为富足。

224

我的朋友，你伟大的心闪射出东方朝阳的光芒，正如黎明中一个积雪的孤峰。

225

死之流泉，使生的止水跳跃。

226

那些有一切东西而没有您的人，我的上帝，在讥笑着那些没有别的东西而只有您的人呢。

227

生命的运动在它自己的音乐里得到它的休息。

228

踢足只能从地上扬起灰尘而不能得到收获。

229

我们的名字，便是夜里海波上发出的光，痕迹也不留就泯灭了。

230

让睁眼看着玫瑰花的人也看看它的刺。

231

鸟翼上系上了黄金，这鸟便永不能再在天上翱翔了。

232

我们地方的荷花又在这陌生的水上开了花，放出同样的清香，只是名字换了。

233

在心的远景里，那相隔的距离显得更广阔了。

234

月儿把她的光明遍照在天上，却留着她的黑斑给她自己。

235

不要说“这是早晨了。”别用一个“昨天”的名词把它打发掉。你第一次看到它，把它当作还没有名字的新生孩子吧。

236

青烟对天空夸口，灰烬对大地夸口，都以为它们是火的兄弟。

237

雨点向茉莉花微语道："把我永久地留在你的心里吧。"

茉莉花叹息了一声，落在地上了。

238

腼怯的思想呀，不要怕我。

我是一个诗人。

239

我的心在朦胧的沉默里，似充满了蟋蟀的鸣声——声音的灰暗的暮色。

240

爆竹呀，你对群星的侮蔑，又跟了你自己回到地上来了。

241

你曾经带领着我，穿过我的白天的拥挤不堪的旅程，而到达了我的黄昏的孤寂之境。

在通宵的寂静里，我等待着它的意义。

242

我们的生命就似渡过一个大海，我们都相聚在这个狭小的舟中。

死时，我们便到了岸，各往各的世界去了。

243

真理之川从他的错误之沟渠中流过。

244

今天我的心是在想家了，在想着那跨过时间之海的那一个甜蜜的时候。

245

鸟的歌声是曙光从大地反响过去的回声。

246

晨光问毛茛道：“你是骄傲得不肯和我接吻么？”

247

小花问道：“我要怎样地对你唱，怎样地崇拜你呢？太阳呀？”

太阳答道：“只要用你的纯洁的素朴的沉默。”

248

当人是兽时，他比兽还坏。

249

黑云受光的接吻时便变成天上的花朵。

250

不要让刀锋讥笑它柄子的拙钝。

251

夜的沉默，如一个深深的灯盏，银河便是它燃着的灯光。

252

死像大海的无限的歌声，日夜冲击着生命的光明岛的四周。

253

花瓣似的山峰在饮着日光，这山岂不像一朵花吗？

254

“真实”的含义被误解，轻重被倒置，那就成了“不真实”。

255

我的心呀，从世界的流动中找你的美吧，正如那小船得到风与水的优美似的。

256

眼不以能视来骄人，却以它们的眼镜来骄人。

257

我住在我的这个小小世界里，生怕使它再缩小一丁点儿了。把我抬举到您的世界里去吧，让我有高高兴兴地失去我的一切的自由。

258

虚伪永远不能凭借它生长在权力中而变成真实。

259

我的心，同着它的歌的拍拍舐岸的波浪，渴望着要抚爱这个阳光煦和的绿色世界。

260

道旁的草，爱那天上的星吧，那么，你的梦境便可在花朵里实现了。

261

让你的音乐如一柄利刃，直刺入市井喧扰的心中吧。

262

这树的颤动之叶，触动着我的心，像一个婴儿的手指。

263

小花睡在尘土里。

它寻求蛱蝶走的道路。

264

我是在道路纵横的世界上。

夜来了。打开您的门吧，家之世界啊！

265

我已经唱过了您的白天的歌。

在黄昏时候，让我拿着您的灯走过风雨飘摇的道路吧。

266

我不要求你进我的屋里。

你且到我无量的孤寂里吧，我的爱人！

267

死是隶属于生命，正如生一样。

举足是在走路，正如落足也是走路一样。

268

我已经学会了你在花与阳光里微语的意义。——再教我明白你在苦与死中所说的话吧。

269

夜的花朵来晚了，当早晨吻着她时，她颤栗着，叹息了一声，萎落在地上了。

270

从万物的愁苦中，我听见了“永恒母亲”的呻吟。

271

大地呀，我到你岸上时是一个陌生人，住在你屋内时是一个宾客，离开你的门时是一个朋友。

272

当我去时，让我的思想到你那里来，如那夕阳的余光，映在沉默的星天的边上。

273

在我的心头燃点起那休憩的黄昏星吧，然后让黑夜向我微语着爱情。

274

我是一个在黑暗中的孩子。

我从夜的被单里向你伸出我的双手，母亲。

275

白天的工作完了。把我的脸掩藏在您的臂间吧，母亲。

276

集会时的灯光，点了很久；会散时，灯便立刻灭了。

277

当我死时，世界呀，请在你的沉默中，替我留着“我已经爱过了”这句话吧。

278

我们在热爱世界时便生活在这世界上。

279

让死者有那不朽的名，但让生者有那不朽的爱。

280

我看见你，像那半醒的婴孩在黎明的微光里看见他的母亲，于是微笑而又睡去了。

281

我将死了又死，以明白生是无穷无尽的。

282

当我和拥挤的人群一同在路上走过时，我看见您从阳台上送过来的微笑，我歌唱着，忘却了所有的喧哗。

283

爱就是充实了的生命，正如盛满了酒的酒杯。

284

他们点了他们自己的灯，在他们的寺院内，吟唱他们自己的话语。

但是小鸟们却在你的晨光中，唱着你的名字，——因为你的名字便是快乐。

285

领我到您的沉寂的中心，使我的心充满了歌吧。

286

让那些选择了他们自己的焰火嗞嗞的世界的，就生活在那里吧。

我的心渴望着您的繁星，我的上帝。

287

爱的痛苦环绕着我的一生，像汹涌的大海似的唱着；而爱的快乐却像鸟儿们在花林里似的唱着。

288

假如您愿意，您就熄了灯吧。

我将明白您的黑暗，而且将喜爱它。

289

当我在那日子的终了，站在您的面前时，您将看见我的伤疤，而知道我有我的许多创伤，但也有我的医治的法儿。

290

总有一天，我要在别的世界的晨光里对你唱道："我以前在地球的光里，在人的爱里已经见过你了。"

291

从别的日子里飘浮到我的生命里的云，不再落下雨点或引起风暴了，却只给予我的夕阳的天空以色彩。

292

真理引起了反对它自己的狂风骤雨，那场风雨吹散了真理的广播的种子。

293

昨夜的风雨给今日的早晨戴上了金色的和平。

294

真理仿佛带了它的结论而来，而那结论却产生了它的第二个。

295

他是有福的，因为他的名望并没有比他的真实更光亮。

296

您的名字的甜蜜充溢着我的心，而我忘掉了我自己的——就像您的早晨的太阳升起时，那大雾便消失了。

297

静悄悄的黑夜具有母亲的美丽，而吵闹的白天具有孩子的美。

298

当人微笑时，世界爱了他；当他大笑时，世界便怕他了。

299

神等待着人在智慧中重新获得童年。

300

让我感到这个世界乃是您的爱的成形吧，那么，我的爱将帮助着它。

30l

您的阳光对着我的心头的冬天微笑着，从来不怀疑它的春天的花朵。

302

神在他的爱里吻着“有涯”，而人却吻着“无涯”。

303

您越过不毛之地的沙漠而到达了圆满的时刻。

304

神的静默使人的思想成熟而为语言。

305

“永恒的旅客”呀，你可以在我的歌中找到你的足迹。

306

让我不至于羞辱您吧，父亲，您在您的孩子们身上显现出您的光荣。

307

这一天是不快活的。光在蹙额的云下，如一个被责打的儿童，灰白的脸上留着泪痕；风又叫号着，似一个受伤的世界的哭声。但是我知道，我正跋涉着去会我的朋友。

308

今天晚上棕榈叶在嚓嚓地作响，海上有大浪，满月呵，就像世界在心脉悸跳。从什么不可知的天空，您在您的沉默里带来了爱的痛苦的秘密？

309

我梦见了一颗星，一个光明的岛屿，我将在那里出生。而在它快速的闲暇深处，我的生命将成熟它的事业，像秋天阳光下的稻田。

310

雨中的湿土的气息，就像从渺小的无声的群众那里来的一阵巨大的赞美歌声。

311

说爱情会失去的那句话，乃是我们不能够当作真理来接受的一个事实。

312

我们将有一天会明白，死永远不能够夺去我们的灵魂所获得的东西，因为她所获得的，和她自己是一体。

313

神在我的黄昏的微光中，带着花到我这里来。这些花都是我过去的，在他的花篮中还保存得很新鲜。

314

主呀，当我的生之琴弦都已调得谐和时，你的手的一弹一奏，都可以发出爱的乐声来。

315

让我真真实实地活着吧，我的上帝。这样，死对于我也就成了真实的了。

316

人类的历史在很忍耐地等待着被侮辱者的胜利。

317

我这一刻感到你的眼光正落在我的心上，像那早晨阳光中的沉默落在已收获的孤寂的田野上一样。

318

在这喧哗的波涛起伏的海中，我渴望着咏歌之鸟。

319

夜的序曲是开始于夕阳西下的音乐，开始于它对难以形容的黑暗所作的庄严的赞歌。

320

我攀登上高峰，发现在名誉的荒芜不毛的高处，简直找不到遮身之地。我的引导者呵，领导着我在光明逝去之前，进到沉静的山谷里去吧。在那里，一生的收获将会成熟为黄金的智慧。

321

在这个黄昏的朦胧里，好些东西看来都仿佛是幻象一般——尖塔的底层在黑暗里消失了，树顶像墨水的模糊的斑点似的。我将等待着黎明，而当我醒来的时候，就会看到在光明里的您的城市。

322

我曾经受苦过，曾经失望过，曾经体会过“死亡”，于是我以我在这伟大的世界里为乐。

323

在我的一生里，也有贫乏和沉默的地域。它们是我忙碌的日子得到日光与空气的几片空旷之地。

324

我的未完成的过去，从后边缠绕到我身上，使我难于死去。请从它那里释放了我吧。

325

“我相信你的爱。”让这句话做我的最后的话。

新月集

译者自序

我对于泰戈尔 (R.Tagore) 的诗最初发生浓厚的兴趣，是在第一次读《新月集》的时候。那时离现在将近五年，许地山君坐在我家的客厅里，长发垂到两肩，很神秘地在黄昏的微光中，对我谈到泰戈尔的事。他说，他在缅甸时，看到泰戈尔的画像，又听人讲到他，便买了他的诗集来读。

过了几天，我到许地山君的宿舍里去。他说：“我拿一本《泰戈尔诗选》送给你。”他便到书架上去找那本诗集。我立在窗前，四围静悄悄的，只有水池中喷泉的潺潺的声音。我静静地等候读那本美丽的书。他不久便从书架上取下很小的一本绿纸面的书来。他说：“这是一个日本人选的泰戈尔诗，你先拿去看看。泰戈尔不久前曾到过日本。”我坐了车回家，在归程中，借着新月与市灯的微光，约略地把它翻看了一遍。

最使我喜欢的是其中所选的几首《新月集》的诗。那一夜，在灯下又看了一次。第二天，地山见我时，问道：“你最喜欢哪几首？”我说：“《新月集》的几首。”他隔了几天，又拿了一本很美丽的书给我，他说：“这就是《新月集》。”从那时后，《新月集》便常在我的书桌上。直到现在，我还时时把它翻开来读。

我译《新月集》，也是受地山君的鼓励。有一天，他把他所译的《吉檀迦利》的几首诗给我看，都是用古文译的。我说：“译得很好，但似乎太古奥了。”他说：“这一类的诗，应该用这个古奥的文体译。至于《新月集》，却又须用新妍流露的文字译。我想译《吉檀迦利》，尔为何不译《新月集》呢？”于是我与他约，我们同时动手译这两部书。此后二年中，他的《吉檀迦利》固未译成，我的《新月集》也时译时辍。

直至《小说月报》改革后，我才把自己所译的《新月集》在它上面发表了几首。地山译的《吉檀迦利》却始终没有再译下去。已译的几首也始终不肯拿出来发表。后来王独清君译的《新月集》也出版了，我更懒得把自己的译下去。许多朋友却时时催我把这个工作做完。他们都说，王君的译文太不容易懂了，似乎有再译的必要。那时我正有选译泰戈尔诗的计划，便一方面把旧译的稿整理一下，一方面参考了王君的译文，又新译了八九首出来，结果便成了现在的这个译本。原集里还有九首诗，因为我不大喜欢它们，所以没有译出来（这次出版的《新月集》，是增补完备的全译本——编者）。

我喜欢《新月集》，如我之喜欢安徒生的童话。安徒生的文字美丽而富有诗趣，他有一种不可测的魔力，能把我们从忙扰的人世间带到美丽和平的花的世界、虫的世界、人鱼的世界里去；能使我们忘了一切艰苦的境遇，随了他走进有静的方池的绿水、有美的挂在黄昏的天空的雨后弧虹等等的天国里去。《新月集》也具有这种不可测的魅力。它把我们从怀疑贪望的成人的世界，带到秀嫩天真的儿童的新月之国里去。我们忙着费时间在计算数字，它却能使我们重又回到坐在泥土里以枯枝断梗为戏的时代；我们忙着入海采珠，掘山寻金，它却能使我们在心里重温着在海滨以贝壳为餐具，以落叶为舟，以绿草的露点为圆珠的儿童的梦。总之，我们只要一翻开它来，便立刻如得到两只有魔术的翼膀，可以使自己从现实的苦闷的境地里飞翔到美静天真的儿童国里去。

有许多人以为《新月集》是一部写给儿童看的书。这是他们受了广告上附注的“儿歌”(Child Poems) 二字的暗示的缘故。实际上,《新月集》虽然未尝没有几首儿童可以看得懂的诗歌，而泰戈尔之写这些诗，却决非为儿童而作的。它并不是一部写给儿童读的诗歌集，乃是一部叙述儿童心理、儿童生活的最好的诗歌集。这正如俄国许多民众小说家所作的民众小说，并不是为民众而作，而是写民众的生活的作品一样，我们如果认清了这一点。便不会无端地引起什么怀疑与什么争论了。

我的译文自己很不满意，但似乎还很忠实，且不至看不懂。

读者的一切指教，我都欢迎地承受。

我最后应该向许地山君表示谢意。他除了鼓励我以外，在这个译本写好时，还曾为我校读了一次。

郑振铎

一九二三年八月二十二日

家庭

我独自在横跨过田地的路上走着，夕阳像一个守财奴似的，正藏起它的最后的金子。

白昼更加深沉地投入黑暗之中，那已经收割了的孤寂的田地，默默地躺在那里。天空里突然升起了一个男孩子的尖锐的歌声。他穿过看不见的黑暗，留下他的歌声的辙痕跨过黄昏的静谧。

他的乡村的家坐落在荒凉的边上，在甘蔗田的后面，躲藏在香蕉树，瘦长的槟榔树，椰子树和深绿色的贾克果树的阴影里。

我在星光下独自走着的路上停留了一会儿，我看见黑沉沉的大地展开在我的面前，用她的手臂拥抱着无量数的家庭，在那些家庭里有着摇篮和床铺，母亲们的心和夜晚的灯，还有年轻轻的生命，他们满心欢乐，却浑然不知这样的欢乐对于世界的价值。

孩童之道

只要孩子愿意，他此刻便可飞上天去。

他之所以不离开我们，并不是没有缘故。

他爱把他的头倚在妈妈的胸间，他即使是一刻不见她，也是不行的。

孩子知道各式各样的聪明话，虽然世间的人很少懂得这些话的意义。

他所以永不想说，并不是没有缘故。

他所要做的一件事，就是要学习从妈妈的嘴唇里说出来的话。那就是他所以看来这样天真的缘故。

孩子有成堆的黄金与珠子，但他到这个世界上来，却像一个乞丐。

他所以这样假装了来，并不是没有缘故。

这个可爱的小小的裸着身体的乞丐，假装着完全无助的样子，便是想要乞求妈妈的爱的财富。

孩子在纤小的新月的世界里，是一切束缚都没有的。

他所以放弃了他的自由，并不是没有缘故。

他知道有无穷的快乐藏在妈妈的心的小小一隅里，被妈妈亲爱的手臂所拥抱，其甜美远胜过自由。

孩子永不知道如何哭泣。

他所住的是完全的乐土。

他所以要流泪，并不是没有缘故。

虽然他用了可爱的脸儿上的微笑，引逗得他妈妈的热切的心向着他，然而他的因为细故而发的小小的哭声，却编成了怜与爱的双重约束的带子。

不被注意的花饰

啊，谁给那件小外衫染上颜色的，我的孩子，谁使你的温软的肢体穿上那件红的小外衫的？

你在早晨就跑出来到天井里玩儿，你，跑着就像摇摇欲跌似的。

但是谁给那件小外衫染上颜色的，我的孩子？

什么事叫你大笑起来的，我的小小的命芽儿？

妈妈站在门边，微笑地望着你。

她拍着她的双手，她的手镯叮当地响着；你手里拿着你的竹竿儿在跳舞，活像一个小小的牧童儿。

但是什么事叫你大笑起来的，我的小小的命芽儿？

喔，乞丐，你双手攀搂住妈妈的头颈，要乞讨些什么？

喔，贪得无厌的心，要我把整个世界从天上摘下来，像摘一个果子似的，把它放在你的一双小小的玫瑰色的手掌上么？

喔，乞丐，你要乞讨些什么？

风高兴地带走了你踝铃的叮当。

太阳微笑着，望着你的打扮。

当你睡在你妈妈的臂弯里时，天空在上面望着你，而早晨蹑手蹑脚地走到你的床跟前，吻着你的双眼。

风高兴地带走了你踝铃的叮当。

仙乡里的梦婆飞过朦胧的天空，向你飞来。

在你妈妈的心头上，那世界母亲，正和你坐在一块儿。

他，向星星奏乐的人，正拿着他的横笛，站在你的窗边。

仙乡里的梦婆飞过朦胧的天空，向你飞来。

偷睡眠者

谁从孩子的眼里把睡眠偷了去呢?

我一定要知道。

妈妈把她的水罐夹在腰间，走到近村汲水去了。

这是正午的时候，孩子们游戏的时间已经过去了；池中的鸭子沉默无声。

牧童躺在榕树的荫下睡着了。

白鹤庄重而安静地立在檬果树边的泥泽里。

就在这个时候，偷睡眠者跑来从孩子的两眼里捉住睡眠，便飞去了。

当妈妈回来时，她看见孩子四肢着地地在屋里爬着。

谁从孩子的眼里把睡眠偷了去呢？我一定要知道。我一定要找到她，把她锁起来。

我一定要向那个黑洞里张望，在这个洞里，有一道小泉从圆的和有皱纹的石上滴下来。

我一定要到醉花林中的沉寂的树影里搜寻，在这林中，鸽子在它们住的地方咕咕地叫着，仙女的脚环在繁星满天的静夜里叮当地响着。

我要在黄昏时，向静静的萧萧的竹林里窥望，在这林中，萤火虫闪闪地耗费它们的光明，只要遇见一个人，我便要问他："谁能告诉我偷睡眠者住在什么地方？"

谁从孩子的眼里把睡眠偷了去呢？

我一定要知道。

只要我能捉住她，怕不会给她一顿好教训！

我要闯入她的巢穴，看她把所有偷来的睡眠藏在什么地方。

我要把她都夺来，带回家去。

我要把她的双翼缚得紧紧的，把它放在河边，然后叫她拿一个芦苇在灯芯草和睡莲间钓鱼为戏。

黄昏，街上已经收了市，村里的孩子们都坐在妈妈的膝上时，夜鸟便会讥笑地在她耳边说：

"你现在还想偷谁的睡眠呢？"

开始

“我是从哪儿来的，你，在哪儿把我捡起来的？”孩子问他的妈妈说。

她把孩子紧紧地搂在胸前，半哭半笑地答道——

“你曾被我当作心愿藏在我的心里，我的宝贝。

“你曾存在于我孩童时代玩的泥娃娃身上；每天早晨我用泥土塑造我的神像，那时我反复地塑了又捏碎了的就是你。

“你曾和我们的家庭守护神一同受到祀奉，我崇拜家神时也就崇拜了你。

“你曾活在我所有的希望和爱情里，活在我的生命里，我母亲的生命里。

“在主宰着我们家庭的不死的精灵的膝上，你已经被抚育了好多代了。

“当我做女孩子的时候，我的心的花瓣儿张开，你就像一股花香似的散发出来。

“你的软软的温柔，在我的青春的肢体上开花了，像太阳出来之前的天空上的一片曙光。

“上天的第一宠儿，晨曦的孪生兄弟，你从世界的生命的溪流浮泛而下，终于停泊在我的心头。

“当我凝视你的脸蛋儿的时候，神秘之感淹没了我；你这属于一切人的，竟成了我的。

“为了怕失掉你，我把你紧紧地搂在胸前。是什么魔术把这世界的宝贝引到我这双纤小的手臂里来呢？”

孩子的世界

我愿我能在我孩子的世界的中心，占一角清净地。

我知道有星星同他说话，天空也在他面前垂下，用朦胧云朵和彩虹来娱悦他。

那些大家以为他是哑的人，那些看去像是永不会走动的人，都带了他们的故事，捧了满装着五颜六色的玩具的盘子，匍匐地来到他的窗前。

我愿我能在横过孩子心中的道路上游行，解脱了一切的束缚；

在那儿，使者奉了无所谓的使命奔走于无史的诸王的王国间；

在那儿，理智以她的法律造为纸鸢而飞放，真理也使事实从桎梏中自由了。

责备

为什么你眼里有了眼泪，我的孩子？

他们真是可怕，常常无谓地责备你！

你写字时墨水玷污了你的手和脸——这就是他们所以骂你龌龊的缘故么？

呵，呸！他们也敢因为圆圆的月儿用墨水涂了脸，便骂它龌龊么？

他们总要为了每一件小事去责备你，我的孩子。他们总是无谓地寻人错处。

你游戏时扯破了你的衣服——这就是他们说你不整洁的缘故么？

呵，呸！秋之晨从它的破碎的云衣中露出微笑。那么，他们要叫它什么呢？

他们对你说什么话，尽管可以不去理睬他，我的孩子。

他们把你做错的事长长地记了一笔账。

谁都知道你是十分喜欢糖果的——这就是他们所以称你做贪婪的缘故么？

呵，呸！我们是喜欢你的，那么，他们要叫我们什么呢？

审判官

你想说他什么尽管说罢，但是我知道我孩子的短处。

我爱他并不因为他好，只是因为他是我的小小的孩子。

你如果不把他的好处与坏处两两相权，你怎会知道他是如何的可爱呢？

当我必须责罚他的时候，他更成为我生命的一部分了。

当我使他眼泪流出时，我的心也和他同哭了。

只有我才有权去骂他，去责罚他；因为只有热爱人的才可以惩戒人。

玩具

孩子，你真是快活呀！一早晨坐在泥土里，耍着折下来的小树枝儿。

我微笑地看你在那里耍着那根折下来的小树枝儿。

我正忙着算账，一小时一小时在那里加叠数字。

也许你在看我，想道："这种好没趣的游戏，竟把你的一早晨的好时间浪费掉了！"

孩子，我忘了聚精会神玩耍树枝与泥饼的方法了。

我寻求贵重的玩具，搜集金块与银块。

你呢，无论找到什么便去做你的快乐的游戏；我呢，却把我的时间与力气都浪费在那些我永不能得到的东西上。

我在我的脆薄的独木船里挣扎着；要挣扎着航过欲望之海，竟忘了我也是在那里做游戏了。

天文家

我不过说："当傍晚圆圆的满月挂在迦昙波的枝头时，有人能去捉住它么？"

哥哥却对我笑道："孩子呀，你真是我所见到的顶顶傻的孩子。月亮离我们这样远，谁能去捉住它呢？"

我说："哥哥，你真傻！当妈妈向窗外探望，微笑着往下看我们游戏时，你也能说她远么？"

哥哥还是说："你这个傻孩子！但是，孩子，你到哪里去找一个大得能逮住月亮的网呢？"

我说："你自然可以用双手去捉住它呀。"

但是哥哥还是笑着说："你真是我所见到的顶顶傻的孩子！如果月亮走近了，你便知道它是多么大了。"

我说："哥哥，你们学校里所教的，真是没有用呀！当妈妈低下脸儿跟我们亲嘴时，她的脸看来也是很大的么？"

但是哥哥还是说："你真是一个傻孩子。"

云与波

妈妈，住在云端的人对我唤道——

“我们从醒的时候游戏到白日终止。

“我们与黄金色的曙光游戏，我们与银白色的月亮游戏。”

我问道：“但是，我怎么能够上你那里去呢？”

他们答道：“你到地球的边上来，举手向天，就可以被接到云端里来了。”

“我妈妈在家里等我呢，”我说，“我怎么能离开她而来呢？”

于是他们微笑着浮游而去。

但是我知道一件比这个更好的游戏，妈妈。

我做云，你做月亮。

我用两只手遮盖你，我们的屋顶就是青碧的天空。

住在波浪上的人对我唤道——

“我们从早晨唱歌到晚上；我们前进又前进地旅行，也不知我们所经过的是什么地方。”

我问道：“但是，我怎么能加入你们队伍里去呢？”

他们告诉我说：“来到岸旁，站在那里，紧闭你的两眼，你就被带到波浪上来了。”

我说：“傍晚的时候，我妈妈常要我在家里——我怎么能离开她而去呢？”

于是他们微笑着，跳舞着奔流过去。

但是我知道一件比这个更好的游戏。

我是波浪，你是陌生的岸。

我奔流而进，进，进，笑哈哈地撞碎在你的膝上。

世界上就没有一个人会知道我们俩在什么地方。

金色花

假如我变了一朵金色花，只是为了好玩，长在那棵树的高枝上，笑哈哈地在风中摇摆，又在新生的树叶上跳舞，妈妈，你会认识我么？

你要是叫道："孩子，你在哪里呀？"我暗暗地在那里匿笑，却一声儿不响。

我要悄悄地开放花瓣儿，看着你工作。

当你沐浴后，湿发披在两肩，穿过金色花的林荫，走到你做祷告小庭院时，你会嗅到这花的香气，却不知道这香气是从我身上来的。

当你吃过中饭，坐在窗前读《罗摩衍那》，那棵树的阴影落在你头发与膝上时，我便要投我的小小的影子在你的书页上，正投在你读的地方。

但是你会猜得出这就是你孩子的小小影子么？

当你黄昏时拿了灯到牛棚里去，我便要突然地再落到地上来，又成了你的孩子，求你讲故事给我听。

“你到哪里去了，你这坏孩子？”

“我不告诉你，妈妈。”这就是你同我那时所要说的话了。

仙人世界

如果人们知道了我的国王的宫殿在哪里，它就会消失在空气中的。

墙壁是白色的银，屋顶是耀眼的黄金。

皇后住在有七个庭院的宫苑里；她戴的一串珠宝，值得整整七个王国的全部财富。

不过，让我悄悄地告诉你，妈妈，我的国王的宫殿究竟在哪里。

它就在我们阳台的角上，在那栽着杜尔茜花的花盆放着的地方。

公主躺在远远的、隔着七个不可逾越的重洋的那一岸沉睡着。

除了我自己，世界上便没有人能够找到她。

她臂上有镯子，她耳上挂着珍珠，她的头发拖到地板上。

当我用我的魔杖点触她的时候，她就会醒过来；而当她微笑时，珠玉将会从她唇边落下来。

不过，让我在我的耳朵边悄悄地告诉你，妈妈，她就住在我们阳台的角上，在那栽着杜尔茜花的花盆放着的地方。

当你要到河里洗澡的时候，你走上屋顶的那座阳台来吧。

我就坐在墙的阴影所聚会的一个角落里。

我只让小猫儿跟我在一起，因为它知道那故事里的理发匠住的地方。

不过，让我在你的耳朵边悄悄地告诉你，那故事里的理发匠到底住在哪里。

他住的地方，就在阳台的角上，在那栽着杜尔茜花的花盆放着的地方。

流放的地方

妈妈，天空上的光成了灰色了；我不知道是什么时候了。

我玩得怪没劲儿的，所以到你这里来了。这是星期六，是我们的休息日。

放下你的活计，妈妈；坐在靠窗的一边，告诉我童话里的特潘塔沙漠在什么地方？

雨的影子遮掩了整个白天。

凶猛的电光用它的爪子抓着天空。

当乌云在轰轰地响着，天打着雷的时候，我总爱心里带着恐惧爬伏到你的身上。

当大雨倾泻在竹叶子上好几个钟头，而我们的窗户为狂风震得格格发响的时候，我就爱独自和你坐在屋里，妈妈，听你讲童话里的特潘塔沙漠的故事。

它在哪里，妈妈？在哪一个海洋的岸上？在哪些个山峰的脚下？在哪一个国王的国土里？

田地上没有此疆彼壤的界石，也没有村人在黄昏时走回家的，或妇人在树林里捡拾枯枝而捆载到市场上去的道路。沙地上只有一小块一小块的黄色草地，只有一株树，就是那一对聪明的老鸟儿在那里做窝的，那个地方就是特潘塔沙漠。

我能够想象得到，就在这样一个乌云密布的日子，国王的年轻的儿子，怎样地独自骑着一匹灰色马，走过这个沙漠，去寻找那被囚禁在不可知的重洋之外的巨人宫里的公主。

当雨雾在遥远的天空下降，电光像一阵突然发作的痛楚的痉挛似的闪射的时候，他可记得他的不幸的母亲，为国王所弃，正在扫除牛棚，眼里流着眼泪，当他骑马走过童话里的特潘塔沙漠的时候？

看，妈妈，一天还没有完，天色就差不多黑了，那边村庄的路上没有什么旅客了。

牧童早就从牧场上回家了，人们都已从田地里回来，坐在他们草屋的檐下的草席上，眼望着阴沉的云块。

妈妈，我把我所有的书本都放在书架上了——不要叫我现在做功课。

当我长大了，大得像爸爸一样的时候，我将会学到必须学到的东西的。

但是，今天你可得告诉我，妈妈，童话里的特潘塔沙漠在什么地方？

雨天

乌云很快地集拢在森林的黝黑的边缘上。

孩子，不要出去呀！

湖边的一行棕树，向暝暗的天空撞着头；羽毛零乱的乌鸦，静悄悄地栖在罗望子的枝上。河的东岸正被乌沉沉的暝色所侵袭。

我们的牛系在篱上，高声鸣叫。

孩子，在这里等着，等我先把牛牵进牛棚里去。

许多人都挤在池水泛溢的田间，捉那从泛溢的池中逃出来的鱼儿。雨水成了小河，流过狭街，好像一个嬉笑的孩子从他妈妈那里跑开，故意要恼她一样。

听呀，有人在浅滩上喊船夫呢。

孩子，天色暝暗了，渡头的摆渡船已经停了。

天空好像是在滂沱的雨上快跑着；河里的水喧叫而且暴躁；妇人们早已拿着汲满了水的水罐，从恒河畔匆匆地回家了。

夜里用的灯，一定要预备好。

孩子，不要出去呀！

到市场去的大道已没有人走，到河边去的小路又很滑。风在竹林里咆哮着，挣扎着，好像一只落在网中的野兽。

纸船

我每天把纸船一个个放在急流的溪中。

我用大黑字写我的名字和我住的村名在纸船上。

我希望住在异地的人会得到这纸船，知道我是谁。

我把园中长的秀利花载在我的小船上，希望这些黎明开的花能在夜里被平平安安地带到岸上。

我把我的纸船投到水里，仰望天空，看见小朵的云正张着满鼓着风的白帆。

我不知道天上有我的什么游伴把这些船放下来同我的船比赛！

夜来了，我的脸埋在手臂里，梦见我的纸船在子夜的星光下缓缓地浮泛前去。

睡仙坐在船里，带着满载着梦的篮子。

水手

船夫曼特胡的船只停泊在拉琪根琪码头。

这只船无用地装载着黄麻，无所事事地停泊在那里已经好久了。

只要他肯把他的船借给我，我就给它安装一百只桨，扬起五个或六个或七个布帆来。

我决不把它驾驶到愚蠢的市场上去。

我将航行遍仙人世界里的七个大海和十三条河道。

但是，妈妈，你不要躲在角落里为我哭泣。

我不会像罗摩犍陀罗似的，到森林中去，一去十四年才回来。

我将成为故事中的王子，把我的船装满了我所喜欢的东西。

我将带我的朋友阿细和我做伴，我们要快快乐乐地航行于仙人世界里的七个大海和十三条河道。

我将在绝早的晨光里张帆航行。

中午，你正在池塘里洗澡的时候，我们将在一个陌生的国王的国土上了。

我们将经过特浦尼浅滩，把特潘塔沙漠抛落在我们的后边。

当我们回来的时候，天色快黑了，我将告诉你我们所见到的一切。

我将越过仙人世界里的七个大海和十三条河道。

对岸

我渴想到河的对岸去。

在那边，好些船只一行儿系在竹竿上；

人们在早晨乘船渡过那边去，肩上扛着犁头，去耕耘他们的远处的田；

在那边，牧人使他们鸣叫着的牛游泳到河旁的牧场去；

黄昏的时候，他们都回家了，只留下豺狼在这满长着野草的岛上哀叫。

妈妈，如果你不在意，我长大的时候，要做这渡船的船夫。

据说有好些古怪的池塘藏在这个高岸之后。

雨过去了，一群一群的野鹜飞到那里去。茂盛的芦苇在岸边四围生长，水鸟在那里生蛋。

竹鸡带着跳舞的尾巴，将它们细小的足印印在洁净的软泥上；

黄昏的时候，长草顶着白花，邀月光在长草的波浪上浮游。

妈妈，如果你不在意，我长大的时候，要做这渡船的船夫。

我要自此岸至彼岸，渡过来，渡过去，所有村中正在那儿沐浴的男孩女孩，都要诧异地望着我。

太阳升到中天，早晨变为正午了，我将跑到你那里去，说道："妈妈，我饿了！"

一天完了，影子俯伏在树底下，我便要在黄昏中回家来。

我将永不同爸爸那样，离开你到城里去做事。

妈妈，如果你不在意，我长大的时候，要做这渡船的船夫。

花的学校

当雷云在天上轰响，六月的阵雨落下的时候，润湿的东风走过荒野，在竹林中吹着口笛。

于是一群一群的花从无人知道的地方突然跑出来，在绿草上狂欢地跳着舞。

妈妈，我真的觉得那群花朵是在地下的学校里上学。

他们关了门做功课，如果他们想在散学以前出来游戏，他们的老师是要罚他们站壁角的。

雨一来，他们便放假了。

树枝在林中互相碰触着，绿叶在狂风里萧萧地响着，雷云拍着大手。这时花孩子们便穿了紫的、黄的、白的衣裳，冲了出来。

你可知道，妈妈，他们的家是在天上，在星星所住的地方。

你没有看见他们怎样地急着要到那儿去么？你不知道他们为什么那样急急忙忙么？

我自然能够猜得出他们是对谁扬起双臂来：他们也有他们的妈妈，就像我有我自己的妈妈一样。

商人

妈妈，让我们想象，你待在家里，我到异邦去旅行。

再想象，我的船已经装得满满的，在码头上等候启碇了。

现在，妈妈，你想一想再告诉我，回来的时候我要带些什么给你。

妈妈，你要一堆一堆的黄金么？

在金河的两岸，田野里全是金色的稻实。

在林荫的路上，金色花也一朵一朵地落在地上。

我要为你把它们全都收拾起来，放在好几百个篮子里。

妈妈，你要秋天的雨点一般大的珍珠么？

我要渡海到珍珠岛的岸上去。

那个地方，在清晨的曙光里，珠子在草地的野花上颤动，珠子落在绿草上，珠子被汹狂的海浪一大把一大把地撒在沙滩上。

我的哥哥呢，我要送他一对有翼的马，会在云端飞翔的。

爸爸呢，我要带一支有魔力的笔给他，他还没有感觉到，笔就写出字来了。

你呢，妈妈，我一定要把那个值七个王国的首饰箱和珠宝送给你。

同情

如果我只是一只小狗，而不是你的小孩，亲爱的妈妈，当我想吃你的盘里的东西时，你要向我说“不”么？

你要赶开我，对我说“滚开，你这淘气的小狗”么？

那么，走吧，妈妈，走吧！当你叫唤我的时候，我就永不到你那里去，也永不要你再喂我吃东西了。

如果我只是一只绿色的小鹦鹉，而不是你的小孩，亲爱的妈妈，你要把我紧紧地锁住，怕我飞走么？

你要对我指指点点地说“怎样的一个不知感恩的贱鸟呀！整日整夜地尽在咬它的链子”么？

那么，走吧，妈妈，走吧！我要跑到树林里去；我就永不再让你抱我在你的臂里了。

职业

早晨，钟敲十下的时候，我沿着我们的小巷到学校去。

每天我都遇见那个小贩，他叫道：“镯子呀，亮晶晶的镯子！”

他没有什么事情急着要做，他没有哪条街一定要走，他没有什么地方一定要去，他没有什么时间一定要回家。

我愿意我是一个小贩，在街上过日子，叫着：“镯子呀，亮晶晶的镯子！”

下午四点，我从学校里回家。

从一家门口，我看得见一个园丁在那里掘地。

他用他的锄子，要怎么掘，便怎么掘，他被尘土污了衣裳，如果他被太阳晒黑了或是身上被打湿了，都没有人骂他。

我愿意我是一个园丁，在花园里掘地。谁也不来阻止我。

天色刚黑，妈妈就送我上床。

从开着的窗口，我看得见更夫走来走去。

小巷又黑又冷清，路灯立在那里，像一个头上生着一只红眼睛的巨人。

更夫摇着他的提灯，跟他身边的影子一起走着，他一生一次都没有上床去过。

我愿意我是一个更夫，整夜在街上走，提了灯去追逐影子。

长者

妈妈，你的孩子真傻！她是那么可笑地不懂事！

她不知道路灯和星星的区别。

当我们玩着把小石子当食物的游戏时，她便以为它们真是吃的东西，竟想放进嘴里去。

当我翻开一本书，放在她面前，在她读a，b，c时，她却用手把书页撕了，无端快活地叫起来；你的孩子就是这样做功课的。

当我生气地对她摇头，骂她，说她顽皮时，她却哈哈大笑，以为很有趣。

谁都知道爸爸不在家。但是，如果我在游戏时高声叫一声“爸爸”，她便要高兴地四面张望，以为爸爸真是近在身边。

当我把洗衣人带来载衣服回去的驴子当做学生，并且警告她说，我是老师，她却无缘无故地乱叫起我哥哥来。

你的孩子要捉月亮。她是这样的可笑；她把格尼许[①]唤作琪奴许。

妈妈，你的孩子真傻，她是那么可笑地不懂事！

① 格尼许 (ganesh) 是毁灭之神湿婆的儿子，象头人身。同时也是现代印度人所最喜欢用来做名字的第一个字。

小大人

我人很小，因为我是一个小孩子，到了我像爸爸一样年纪时，便要变大了。

我的先生要是走来说道："时候晚了，把你的石板，你的书拿来。"

我便要告诉他道："你不知道我已经同爸爸一样大了么？我决不再学什么功课了。"

我的老师便将惊异地说道："他读书不读书可以随便，因为他是大人了。"

我将自己穿了衣裳，走到人群拥挤的市场里去。

我的叔叔要是跑过来说道："你要迷路了，我的孩子，让我抱着你吧。"

我便要回答道："你没有看见么，叔叔，我已经同爸爸一样大了？我决定要独自一个人到市场里去。"

叔叔便将说道："是的，他随便到哪里去都可以，因为他是大人了。"

当我正拿钱给我保姆时，妈妈便要从浴室中出来，因为我是知道怎样用我的钥匙去开银箱的。

妈妈要是说道："你在做什么呀，顽皮的孩子？"

我便要告诉她道："妈妈，你不知道我已经同爸爸一样大了么？我必须拿钱给保姆。"

妈妈便将自言自语道："他可以随便把钱给他所喜欢的人，因为他是大人了。"

当十月里放假的时候，爸爸将要回家，他会以为我还是一个小孩子，为我从城里带了小鞋子和小绸衫来。

我便要说道："爸爸，把这些东西给哥哥吧，因为我已经同你一样大了。"

爸爸便将想一想，说道；"他可以随便去买他自己穿的衣裳，因为他是大人了。"

十二点钟

妈妈，我真想现在不做功课了。我整个早晨都在念书呢。

你说，现在还不过是十二点钟。假定不会晚过十二点吧；难道你不能把不过是十二点钟想象成下午么？

我能够容易地想象：现在太阳已经到了那片稻田的边缘上了，老态龙钟的渔婆正在池边采撷香草做她的晚餐。

我闭上了眼就能够想到，马塔尔树下的阴影是更深黑了，池塘里的水看来黑得发亮。

假如十二点钟能够在黑夜里来到，为什么黑夜不能在十二点钟的时候来到呢？

著作家

你说爸爸写了许多书，但我却不懂得他所写的东西。

他整个黄昏读书给你听，但是你真懂得他的意思么？

妈妈，你给我们讲的故事，真是好听呀！我很奇怪，爸爸为什么不能写那样的书呢？

难道他从来没有从他自己的妈妈那里听见过巨人、神仙和公主的故事么？

还是已经完全忘记了？

他常常耽误了沐浴，你不得不走去叫他一百多次。

你总要等候着，把他的菜温着等他，但他忘了，还尽管写下去。

爸爸老是以著书为游戏。

如果我一走进爸爸房里去游戏，你就要走来叫道：“真是一个顽皮的孩子！”

如果我稍微出一点声音，你就要说：“你没有看见你爸爸正在工作么？”

老是写了又写，有什么趣味呢？

当我拿起爸爸的钢笔或铅笔，像他一模一样地在他的书上写着，a，b，c，d，e，f，g，h，i，——那时，你为什么跟我生气呢，妈妈？

爸爸写时，你却从来不说一句话。

当我爸爸耗费了那么一大堆纸时，妈妈，你似乎全不在乎。

但是，如果我只取了一张纸去做一只船，你却要说：“孩子，你真讨厌！”

你对于爸爸拿黑点子涂满了纸的两面，污损了许多许多张纸，心里以为怎样呢？

恶邮差

你为什么坐在那边地板上不言不动的？告诉我呀，亲爱的妈妈。

雨从开着的窗口打进来了，把你身上全打湿了，你却不管。

你听见钟已打四下了么？正是哥哥从学校里回家的时候了。

到底发生了什么事，你的神色这样不对？

你今天没有接到爸爸的信么？

我看见邮差在他的袋里带了许多信来，几乎镇里的每个人都分送到了。

只有爸爸的信，他留起来给他自己看。我确信这个邮差是个坏人。

但是不要因此不乐呀，亲爱的妈妈。

明天是邻村市集的日子。你叫女仆去买些笔和纸来。

我自己会写爸爸所写的一切信；使你找不出一点错处来。

我要从 A 字一直写到 K 字。

但是，妈妈，你为什么笑呢？

你不相信我能写得同爸爸一样好？

但是我将用心画格子，把所有的字母都写得又大又美。

当我写好了时，你以为我也像爸爸那样傻，把它投入可怕的邮差的袋中么？

我立刻就自己送来给你，而且一个字母，一个字母地帮助你读。

我知道那邮差是不肯把真正的好信送给你的。

英雄

妈妈，让我们想象我们正在旅行，经过一个陌生而危险的国土。

你坐在一顶轿子里，我骑着一匹红马，在你旁边跑着。

是黄昏的时候，太阳已经下山了。约拉地希的荒地疲乏而灰暗地开在我们面前。大地是凄凉而荒芜的。

你害怕了，想道："我不知道我们到了什么地方了。"

我对你说道："妈妈，不要害怕。"

草地上刺蓬蓬地长着针尖似的草，一条狭而崎岖的小道通过这块草地。

在这片广大的地面上看不见一只牛；它们已经回

到它们村里的牛棚里去了。

天色黑了下来，大地和天空都显得朦朦胧胧的，而我们不能说出我们正走向什么所在。

突然间，你叫我，悄悄地问我道：“靠近河岸的是什么火光呀？”

正在那个时候，一阵可怕的呐喊声爆发了，好些人影子向我们跑过来。

你蹲坐在你的轿子里，嘴里反复地祷念着神的名字。

轿夫们，怕得发抖，躲藏在荆棘丛中。

我向你喊道：“不要害怕，妈妈，有我在这里。”

他们手里执着长棒，头发披散着，越走越近了。

我喊道：“要当心！你们这些坏蛋！再向前走一步，你们就要送命了。”

他们又发出一阵可怕的呐喊声，向前冲过来。

你抓住我的手，说道：“好孩子，看在上天面上，躲开他们吧。”

我说道：“妈妈，你瞧我的。”

于是我刺策着我的马匹，猛奔过去，我的剑和盾彼此碰着作响。

这一场战斗是那么激烈，妈妈，如果你从轿子里看得见的话，你一定会发冷颤的。

他们之中，许多人逃走了，还有好些人被砍杀了。

我知道你那时独自坐在那里，心里正在想着，你的孩子这时候一定已经死了。

但是我跑到你的跟前，浑身溅满了鲜血，说道："妈妈，现在战争已经结束了。"

你从轿子里走出来，吻着我，把我搂在你的心头，你自言自语地说道："如果没有我的孩子护送我，我简直不知道怎么办才好。"

一千件无聊的事天天在发生，为什么这样一件事不能够偶然实现呢？

这很像一本书里的一个故事。

我的哥哥要说道："这是可能的事么？我老是在想，他是那么嫩弱呢！"

我们村里的人们都要惊讶地说道："这孩子正和他妈妈在一起，这不是很幸运么？"

告别

是我走的时候了，妈妈，我走了。

当清寂的黎明，你在暗中伸出双臂，要抱你睡在床上的孩子时，我要说道：“孩子不在那里呀！”——妈妈，我走了。

我要变成一股清风抚摸着你；我要变成水的涟漪，当你浴时，把你吻了又吻。

大风之夜，当雨点在树叶中淅沥时，你在床上，会听见我的微语；当电光从开着的窗口闪进你的屋里时，我的笑声也偕了它一同闪进了。

如果你醒着躺在床上，想你的孩子到深夜，我便要从星空向你唱道：“睡呀！妈妈，睡呀。”

我要坐在各处游荡的月光上，偷偷地来到你的床上，乘你睡着时，躺在你的胸上。

我要变成一个梦儿，从你的眼皮的微缝中，钻到你睡眠的深处。当你醒来吃惊地四望时，我便如闪耀的萤火似的，熠熠地向暗中飞去了。

当普耶节日[①]，邻舍家的孩子们来屋里游玩时，我便要融化在笛声里，整日价在你心头震荡。

亲爱的阿姨带了普耶礼[②]来，问道："我们的孩子在哪里，姊姊？"妈妈，你将要柔声地告诉她："他呀，他现在是在我的瞳仁里，他现在是在我的身体里，在我的灵魂里。"

---

① 普耶(puja)，意为"祭神大典"，这里的"普耶节日"，是指印度十月间的"难近母祭日"。

② 普耶礼就是指这个节日亲友相互馈送的礼物。

召唤

她走的时候，夜间黑漆漆的，他们都睡了。

现在，夜间也是黑漆漆的，我唤她道："回来，我的宝贝；世界都在沉睡，当星星互相凝视的时候，你来一会儿是没有人会知道的。"

她走的时候，树木正在萌芽，春光刚刚来到。

现在花已盛开，我唤道："回来，我的宝贝。孩子们漫不经心地在游戏，把花聚在一起，又把它们散开。你如果走来，拿一朵小花去，没有人会发觉的。"

那些常常在游戏的人，仍然还在那里游戏，生命总是如此地浪费。

我静听他们的空谈，便唤道："回来，我的宝贝，妈妈的心里充满着爱，你如果走来，仅仅从她那里接一个小小的吻，没有人会妒忌的。"

第一次的茉莉

呵，这些茉莉花，这些白的茉莉花！

我仿佛记得我第一次双手满捧着这些茉莉花，这些白的茉莉花的时候。

我喜爱那日光，那天空，那绿色的大地；

我听见那河水淙淙的流声，在黑漆的午夜里传过来；

秋天的夕阳，在荒原上大路转角处迎我，如新妇揭起她的面纱迎接她的爱人。

但我想起孩提时第一次捧在手里的白茉莉，心里充满着甜蜜的回忆。

我生平有过许多快活的日子，在节日宴会的晚上，我曾跟着说笑话的人大笑。

在灰暗的雨天的早晨，我吟哦过许多飘逸的诗篇。

我颈上戴过爱人手织的醉花的花圈，作为晚装。

但我想起孩提时第一次捧在手里的白茉莉，心里充满着甜蜜的回忆。

榕树

喂，你站在池边的蓬头的榕树，你可会忘记了那小小的孩子，就像那在你的枝上筑巢又离开了你的鸟儿似的孩子？

你不记得是他怎样坐在窗内，诧异地望着你深入地下的纠缠的树根么？

妇人们常到池边，汲了满罐的水去，你的大黑影便在水面上摇动，好像睡着的人挣扎着要醒来似的。

日光在微波上跳舞，好像不停不息的小梭在织着金色的花毡。

两只鸭子挨着芦苇，在芦苇影子上游来游去，孩子静静地坐在那里想着。

他想做风，吹过你的萧萧的枝杈；想做你的影子，在水面上，随了日光而俱长；想做一只鸟儿，栖息在你的最高枝上；还想做那两只鸭，在芦苇与阴影中间游来游去。

祝福

祝福这个小心灵，这个洁白的灵魂，他为我们的大地，赢得了天的接吻。

他爱日光，他爱见他妈妈的脸。

他没有学会厌恶尘土而渴求黄金。

紧抱他在你的心里，并且祝福他。

他已来到这个歧路百出的大地上了。

我不知道他怎么从群众中选出你来，来到你的门前抓住你的手问路。

他笑着，谈着，跟着你走，心里没有一点儿疑惑。

不要辜负他的信任，引导他到正路，并且祝福他。

把你的手按在他的头上，祈求着：底下的波涛虽然险恶，然而从上面来的风，会鼓起他的船帆，送他到和平的港口的。

不要在忙碌中把他忘了，让他来到你的心里，并且祝福他。

赠品

我要送些东西给你，我的孩子，因为我们同是漂泊在世界的溪流中的。

我们的生命将被分开，我们的爱也将被忘记。

我却没有那样傻，希望能用我的赠品来买你的心。

你的生命正是青青，你的道路也长着呢，你一口气饮尽了我们带给你的爱，便回身离开我们跑了。

你有你的游戏，有你的游伴。如果你没有时间同我们在一起，如果你想不到我们，那有什么害处呢？

我们呢，自然地，在老年时，会有许多闲暇的时间，去计算那过去的日子，把我们手里永久丢失了的东西，在心里爱抚着。

河流唱着歌很快地流去，冲破所有的堤防。但是山峰却留在那里，忆念着，满怀依依之情。

我的歌

我的孩子，我这一支歌将扬起它的乐声围绕你，好像那爱情的热恋的手臂一样。

我这一支歌将触着你的前额，好像那祝福的接吻一样。

当你只是一个人的时候，它将坐在你的身旁，在你耳边微语着；当你在人群中的时候，它将围住你，使你超然物外。

我的歌将成为你的梦的翼翅，它将把你的心移送到不可知的岸边。

当黑夜覆盖在你路上的时候，它又将成为那照临在你头上的忠实的星光。

我的歌又将坐在你眼睛的瞳仁里，将你的视线带入万物的心里。

当我的声音因死亡而沉寂时，我的歌仍将在我活泼泼的心中唱着。

孩子天使

他们喧哗争斗，他们怀疑失望，他们辩论而没有结果。

我的孩子，让你的生命到他们当中去，如一线镇定而纯洁之光，使他们愉悦而沉默。

他们的贪心和妒忌是残忍的；他们的话，好像暗藏的刀，渴欲饮血。

我的孩子，去，去站在他们愤懑的心中，把你的和善的眼光落在他们上面，好像那傍晚的宽宏大量的和平，覆盖着日间的骚扰一样。

我的孩子，让他们望着你的脸，因此能够知道一切事物的意义；让他们爱你，因此他们也能够相爱。

来，坐在无垠的胸膛上，我的孩子。朝阳出来时，开放而且抬起你的心，像一朵盛开的花；夕阳落下时，低下你的头，默默地做完这一天的礼拜。

最后的买卖

早晨，我在石铺的路上走时，我叫道："谁来雇用我呀。"

皇帝坐着马车，手里拿着剑走来。

他拉着我的手，说道："我要用权力来雇用你。"

但是他的权力算不了什么，他坐着马车走了。

正午炎热的时候，家家户户的门都闭着。

我沿着屈曲的小巷走去。

一个老人带着一袋金钱走出来。

他斟酌了一下，说道："我要用金钱来雇用你。"

他一个一个地数着他的钱，但我却转身离去了。

黄昏了，花园的篱上满开着花。

美人走出来，说道："我要用微笑来雇用你。"

她的微笑黯淡了，化成泪容了，她孤寂地回身走进黑暗里去。

太阳照耀在沙地上，海波任性地浪花四溅。

一个小孩坐在那里玩贝壳。

他抬起头来，好像认识我似的，说道："我雇你不用什么东西。"

在这个小孩的游戏中做成的买卖，使我成了一个自由的人。

附录：
郑振铎译泰戈尔诗拾遗

采果集

2

我少年时候的生命如同一朵花一般——当春天的微飔来求乞于她的门上时，一朵花从她的丰富里失去一两瓣花片也并不觉得损失。

现在少年的光阴过去了，我的生命如同一个果子一般，没有什么东西耗费了，只等着完完全全地带着她的充实甜美的负担，贡献她自己。

4

我醒过来，于晨光中找到他的信。

我不知道它里面说的是什么，因为我不会读它。

让那聪明人一个人读他的书吧，我不去惊扰他。因为谁知道他能不能读信中所说的话呢？

让我把它擎在我的前额，把它印在我的心里。

当夜天渐渐地静默了，群星一个一个出来的时候，我要把它展开，摆在我膝上，静悄悄地坐着。

沙沙的林叶要高声对我读它，潺潺的溪流要曼吟它，七颗聪明的星也要从天上对我歌唱它。

我不能找到我所要找的，我不能知道我所学的；但是，这封不能读的信却减轻了我的担负，却使我的思想转而为歌。

15

你的话是简单的，我的主人，但却不是谈论你的那些人的话。

我懂得你的群星的语言，懂得你的树林的静默。

我知道我的心开放起来如一朵花；我知道我的生命自己充满着，如一条伏泉。

你的歌，如同从寂寞的雪地飞来的鸟一般，飞来在我的心里筑巢。在四月温热的时候，我满足地等待这个快乐季候的来临。

23

诗人的心于风与水的声音中间，在生命之波上浮游而且跳舞。

现在太阳西下了，黑暗的天空降落在海面，如垂下的睫毛落在倦眼上一样。这是他把笔搁下，在这沉默的永久秘密当中，使他的思想沉入深渊之底的时候了。

24

夜间黑漆漆的，你的微睡深沉在我身的安慰里。

醒吧，喂，爱情的痛苦，因为我不知道怎么样去开那扇门，我只好站在门外。

时间等着，群星守着，风静止着，沉默很沉重地压在我心里。

醒吧，爱情，醒吧！倒满我的空杯，用歌的呼吸激扰夜间吧。

25

晨雀唱着歌。

在晨光未露之前，在如毒龙之夜还把天空握在他的冷黑圈子里的时候，他什么时候有早晨的语言呢？

告诉我，晨雀呀，由天与树叶盖成的两重夜里，东方的使者他怎么会找到他的路来到你的梦中？

当你叫道“太阳正在走来，夜要过去了”时，世界是不会相信你的。

喂，睡着的人，醒醒吧！

显露你的前额，等着光的第一次祝福，在快乐的忠实里，与晨雀一块儿唱歌吧。

爱者之贻

4

她接近我的心，如草花之接近土地；她对于我之甜蜜，如睡眠之于疲倦的肢体。我对于她的爱情是我充溢的生命的流泛，如河水之秋涨，寂静地迅速流逝着。我的歌与我的爱情是一体，如溪流的潺湲，以他金色波涛的水流歌唱着。

5

如果我占有了天空和他所有的星星，占有了地球和他无穷的宝藏，我仍是要求增加的。但是，如果她成了我的，则我虽仅有这个世界上的最小一隅，即已感到很满足了。

9

妇人，你的篮子很重，你的肢体也疲倦了。你要走多远的路？你所求的是什么呢？道路很长，太阳下的尘土太热了。

看，湖水深而且满，水色黑如乌鸦的眼睛。湖岸倾斜而衬着绿草。

把你的倦足伸到水里去。午潮的风，把他的手指穿过你的头发；鸽子咕咕地唱他的睡歌，树叶微语着那安眠于绿荫中的秘密。

时间逝了，太阳落了，有什么要紧？横过荒地的道路在朦胧中失去了，又有什么要紧？

20

我的歌呀，你的市场在什么地方呢？夏天的微风里杂着学者鼻烟的气味；人们不休地辩论那“油依赖着桶或是桶依赖着油”的问题：黄色的稿子对于逝水似的无价值的人生蹙着眉峰；你的市场是在这些地方么？我的歌叫道：唉，不是，不是。

我的歌呀，你的市场在什么地方呢？幸福的人住在云石的宫殿里．十分骄傲，十分肥胖。他的书放在架上，皮装金字，且有奴仆为之拂去尘埃，他们的洁白的纸上写着的是奉献于冥冥之神的；你的市场是在这个地方么？我的歌喘着气答道：不是，不是。

我的歌呀，你的市场在什么地方呢？青年学生，坐在那里，头低到书上，他的心飘荡在青年的梦境里；散文在书桌上巡掠着，诗歌则深藏在心里。你的市场是在这个地方么？你愿意在那种尘埃满布的无秩序中捉迷藏么？我的歌迟疑不决地沉静着。

我的歌呀，你的市场在什么地方呢？新妇在家里忙碌着，当她一得闲暇，便跑到卧室里去，急急地从她枕下取出一本小说，这书被婴儿粗忽地玩弄着，而且充满着她的头发香。你的市场是在这个地方么？我的歌叹息一声颤震着，意思未定。

我的歌呀，你的市场在什么地方呢？禽鸟的歌声，宏纤毕闻；溪流的潺，也能清晰地听到，世界的一切琴弦将他们的音乐倾注在两个翱翔的心上。你的市场是在这个地方么？我的歌突然地叫道：是的，是的。

昨夜我在花园里，献我的青春的白沫腾跳的酒给你。你举杯在唇边，开了两眼微笑着；而我掀起你的面纱，解开你的辫发，让你的沉默而甜柔的脸贴在我的胸前，明月的梦正泛溢在微睡的世界里。

今天在清露冷凝的黎明的静谧里，你走向大神的寺院去，沐过浴，穿着白色长袍，手里拿着满篮鲜花。我在这黎明的静谧里，在到寺院去的寂寞的路旁的树荫下面，头低垂着。

23

我爱这沙岸。这里有寂静的池沼，鸭子在那里呷呷地叫着，龟伏在日光底下曝着；黄昏时，有些飘游的渔舟，藏在茂草中间。

你爱那有树的对岸。那里，阴影聚在竹丛的枝上；妇人们捧了水瓶，从弯曲的小巷里出来。

同是这一条河在我们中间流着。它对它两岸唱的是同样的歌。我在星光底下，一个人躺在沙上，静听着水声；你也在早晨的光明里，坐在斜坡的边上，静听着。然而，我从它那里听得的话你却不知道，而它向你说的密语，对于我也永远是一个秘密。

25

我握住你的双手，我的心跃入你眼的黑睛里，寻求你这永远避我而逃出于言语之外者。

然而我知道我必须满足我的变动与易灭的爱情。因为我们有一回曾在街道中遇见。我有力量带你通过这个众多世界的群众，经过这个歧路百出的旅程么？我有食粮能供给你经过架着死亡之桥的黑暗的空罅么？

28

我梦见她坐在我头的旁边，手指温柔地撩动我的头发，奏着她的接触的和谐。我望着她的脸，晶莹的眼泪颤动着，直到不能说话的痛苦烧去我的睡眠，如一个水泡似的。

我坐了起来，看见窗外银河的光辉，如一个着火的沉默的世界。我不知道她在这个时候，有没有和我做着同韵律的梦。

29

我想，当我们的眼光在篱间相遇时，我有些话要对她说。但她走过去了。而我对她说的话，却如一只小艇，日夜在时间的每一个波浪上冲摇着。它似乎在秋云上行驶着，在不住地探问着；又似乎变成黄昏的花朵盛开着，在落照中寻求它已失的时间。我对她说的话，又如萤火似的，在我心上闪熠着，于失望的尘中，寻觅它的意义。

30

春花开放出来，如不言之爱的热烈的苦痛。我旧时歌声的回忆，随了他们的呼吸而俱来。我的心突然长出欲望的绿叶来。我的爱没有来，但她的接触是在我的肢体上，她的语声也横过芬芳的田野而到来。她的眼波在天空的忧愁的深处；但是她的眼睛在哪里呢？她的吻香飞熠在空气之中，但是她的樱唇在哪里呢？

36

我的镣铐，你在我心上奏着乐。我和你整日地游戏着，我把你当成我的装饰品。我们是最好的朋友，我的镣铐。有些时候我惧怕你，但我的惧怕使我爱你更甚。你是我漫漫黑夜的伴侣，我的镣铐。在我和你说再会之前，我向你鞠躬。

38

我漂浮在上面的川流，当我少年时，它迅速而湍急地流着。春风微微地吹拂着，林花盛放如着火；鸟儿们不停息地歌唱着。

我眩晕地疾驰着，被热情的水流所带走。我没有时间去看，去感觉，去把全世界拿到我身边来。

现在，那个少年是消失了。我登到岸上来，我能够听见万物的深沉的乐音，天空也对我展开了它缀满繁星的心。

42

你不过是一幅图画而不是如那些明星一样的真实，如这个灰尘一样的真实么？它们都随着万物的脉息而搏动着，但你则完全固定着你的静止的画成的形象。

你以前曾和我一同走着，你的呼吸温暖，你的肢体吟唱着生命之歌。我的世界，在你的语声里找到它的话语，用你的容光来接触我的心。你突然地停步不进了，伫立在永久的荫旁，剩我一人向前走去。

生命如一个小孩，它笑着，一边跑着，一边喋喋地谈着死：它招呼我向前走去，我跟随着那不可见的脚步；但你立在那里，停在那些灰尘与明星之外，你不过是一幅图画。

不，那是不能够的。如果生命之流在你那里停止了，那么它便也要停止滚滚的河流，便也要停止具有色彩绚烂的足音的黎明的足迹了。如果你的头发的闪熠的微光在无望的黑暗中暝灭了，那么夏天的绿荫也将和她的梦境一同死去了。

我忘了你，这会是真的么？我们匆匆地、头也不回地走着。忘了路旁篱落上开着的花。在忘掉一切的情景中，它们的香气不知不觉进入我们的呼吸，还充满着乐音。你已离开了我的世界，而去坐在我的生命的根上，所以这便是遗忘——回忆迷失在它自己的深处。

你已不再在我的歌声之前了，但你现在与他们是一个。你偕了晨光的第一条光线而到我这里来。到了夕阳的最后的金光消失时，我才不见了你。就是这时以后，我也仍在黑暗中寻求你。不，你不仅仅是一幅图画。

44

当你死的时候，你对于我以外的一切，算是死了，你算是从世界的万物里消失不见了。但却完全的重生在我的忧愁里。我觉得我的生命完成了，男人与女人对于我永远成了一体。

45

携了美丽与秩序到我的艰苦的生命里来吧，妇人，当你生时，你曾携过他们到我的屋里。请扫除掉时间的尘屑，倒满了空的水瓶，备补了所有的疏忽。然后请打开神庙的内门，点燃明烛，让我们在我们的上神之前沉默地相遇着。

48

我每天走着那条旧路。我携果子到市集里去，我牵我的牛到草地上去，我划我的船渡过那条河水，所有这些路，我都十分熟悉。

有一天清晨，我的篮子里满装了东西。许多人在田野里忙着，牧场上停息着许多牛；地球的胸因喜米谷的成熟而扬起着。

大气中突然起了一阵颤动，天空似乎和我的前额接吻。我的心警醒起来，如清晨之跳出雾中。

我忘记了循原路走去。我离开原路走了几步，我看着我的熟悉的世界，而觉得奇异，好像一朵花，我以前所见的仅是它的蓓蕾。

我日常的智慧害了羞。我在这万物的仙国里飘游着。我那天清晨的失路，寻到我的永久的童年，可算是我生平最好的幸运。

50

“来，月亮，下来吻我爱的前额。”母亲这样说着，她把她的小女孩抱在膝上。那时，月亮如梦似的微笑着。夏天的微香在黑暗中偷偷地进来；夜鸟的歌声也从杧果林的阴影密蔽的寂静里送过来。在一个远处的村间，从一个农夫的笛里，吹来一阵悲哀音调的泉源。年轻的母亲坐在土阶上，孩子在她的膝上，她温柔地咿唔道："来，月亮，下来吻我爱的前额。"她有时抬头看天上的光明，有时又低首看在她臂间的地上的光明。我诧异着月亮的恬静。

孩子笑着，学着她母亲的话，"来，月亮，下来。"母亲微笑着，明月照澈的夜也微笑着。我，作诗的人，这孩子的母亲的丈夫，隐在看不见的地方，凝视着这幅图画。

51

早秋的时节，天上没有一片云。河水溢到岸沿来，冲刷着立在浅水边的倾侧的树的裸根。长而狭的路，如乡村的渴舌，没入河水中去。

我的心满盈盈的，我朝四周观望着，看着沉默的天空，流泛的河水，觉着快乐正在外面展延着，真朴如儿童脸上的微笑。

57

这个秋天是我的，因为她在我心头震撼着。她的闪耀的足铃在我的血管里丁零地响着，她的雾色的面纱，扰动着我的呼吸。我在所有我的梦中知道她的棕色头发的接触。她走出去，在颤抖的树叶上，那些树叶在我的生命的脉搏里跳舞；她的两眼从青的天空上微笑着，从我那里饮啜他们的光明。

歧路

12

我的心呀，紧紧地握住你的忠诚，天要黎明了。

“允诺”的种子已经深深地埋在土里，不久便要发芽了。

睡眠如一颗蓓蕾，将要向光开放它的心，沉静也将找到它的声音。

你的担负要变成你的赠赐，你的痛苦也将烛照你的道路，这日子是近了。

16

你黎明时走到我的门口，唱着歌；我被你从睡梦中惊醒。我很生气，你便悄悄地走开了。

你正午时走进门来，向我要水喝；我正在做事，我很恼怒，你便遭到斥责地走出去了。

你黄昏时，带了熊熊的火炬走进来。

我看你好像是一个恐怖者，我便把门关上了。

现在，在夜半的时候，我孤寂地坐在黑漆漆的房里，却要叫被我斥走的你回来了。

20

天色晦暝，雨淅沥地下着。

愤怒的电光从破碎的云幕里射下来。

森林如一只囚在笼中的狮子，失望地摇着鬃毛。

在这样的一天，在狂风虎虎地扑打他们的翼膀的中间，让我在你面前找到我的平安吧。

因为这忧郁的天空，已荫盖着我的孤独，使你与我的心的接触的意义更为深沉。

77

“旅客，你到什么地方去？”

“我沿着林荫的路，在红色的黎明中，到海里沐浴去。”

“旅客，那个海在什么地方？”

“它在这个河的尽处，在黎明开朗为清晨的地方，在白昼没落为黄昏的地方。”

“旅客，同你一块儿来的有多少人？”

“我不知道怎样去数他们。

“他们提着点亮了的灯，终夜在旅行着；他们经过陆与水，终日在歌唱着。”

“旅客，那个海有多远？”

“它有多远，正是我们所要问的。

“它的波涛的澎湃，涨泛到天上，当我们静止不言之时。它永远地似乎在近，却又在远。”

“旅客，日光是灼炀的热。”

“是的，我们的旅路是长而艰难的。

“谁精神疲倦了便歌唱，谁心里懦怯了便歌唱。”

“旅客，如果黑夜包围了他们呢？”

“我们便将躺下去睡，直睡到新的清晨偕了它的歌声而照耀着，及海的呼唤在空中浮泛着时。”

世纪末日

1

这个世纪的最后的太阳，在西方的血红的云与嫉妒的旋风中落下去了。

各个国家的自私的赤裸裸的热情，沉醉于贪望之中，跟了钢铁的相触声与复仇的咆哮的歌声而跳舞着。

2

饥饿的国家，它自己会在自己的无耻的供养里暴烈地愤怒地烧灼起来。

因为它已把世界当作它的食物而舐着嚼着，一口气吞了下去。

它膨胀了，又膨胀了。

甚至在它的非圣洁的宴会中，天上突然落下武器，贯穿了它的粗大的心胸。

3

地平线上所现的红色的光，不是和平的曙光，我的祖国呀。

它是火葬的柴火的光，把那伟大的尸体——国家的自私的心——烧成了灰的，它已因自己的嗜欲过度而死去了。

你的清晨则正在东方的忍耐的黑暗之后等待着。乳白而且静寂。

4

留意着呀，印度。

带了你的信仰的祭礼给那个神圣的朝阳。让欢迎它的第一首颂歌在你的口里唱出。

“来吧，和平，你上帝自己的大痛苦的女儿。”

“带了你的惬意的宝藏，强毅的利剑。”

“与你的冠于前额的温和而来吧。”

5

不要羞馁，我的兄弟们呀，披着朴素的白袍，站在骄傲与威权之前。

让你的冠冕是谦虚的，你的自由是灵魂的自由。

天天建筑上帝的座位在你的贫穷的广漠的赤地上，而且要知道庞巨的东西并不是伟大的，骄傲的东西并不是永久的。

花环

我的花如乳、如蜜、如酒，我用一条金带把他们结成了一个花环。但他们逃避了我的注意，飞散开了，只有带子留着。

我的歌声如乳、如蜜、如酒，他们存在于我跳动的心的韵律里。但他们，这暇时的爱者，又展开翼膀，飞了开去，我的心在沉寂中跳动着。

我所爱的美人，如乳、如蜜、如酒，她的唇如早晨的玫瑰；她的眼如蜂一般地黑。我使我的心静静的，只怕惊动了她。但她却也如我的花、我的歌一样，逃避了我，只有我的爱情留着。

有许多次，春天在我们的房外敲着门，那时，我忙着做我的工，你也不曾搭理他。现在，只有我一个人在那里，心里病着，而春天又来了，但我不知道怎样才能叫他从门口回转身去。当他走来而欲以快乐的冠给我戴时，我们的门是闭着的，现在他来时所带的是忧愁的赠品，我却不能不开门让他走进来了。

无题

静听，我的心。他的笛声，就是野花的气息的音乐，闪亮的树叶、光耀的流水的音乐，影子回响着蜜蜂之翼的音乐。

笛声从我朋友的唇上，偷走了微笑，把这微笑蔓延在我的生命上。

（以上译诗原载20世纪20年代出版的《小说月报》和《文学周报》）